BBN
B●BOY NOVELS

機械兵士と愛あるブレックファースト

風祭おまる
イラスト／古藤嗣己

この物語はフィクションであり、実際の人物・
団体・事件等とは、一切関係ありません。

CONTENTS

機械兵士と愛あるブレックファースト 7
機械兵士と愛あるプレゼント 247
あとがき 251

機械兵士と愛あるブレックファースト

プロローグ

「勿体《もったい》無いねぇ、これ。ぜーんぶ廃棄か」

地平線の向こうまで続く、ガラクタの山。それを見渡して、ため息と共に紫煙を吐き出した。少し煙たくて、ヘーゼル色の目を細める。その煙は同じ色をした空へと吸い込まれて消えた。

「もうこういうのは、要らなくなっちまったからな」

そう言って廃棄業者の作業員は、トラックに積んでいた廃棄物をガラクタの山に追加していく。

そういったトラックが、数台この『ゴミ処理場』に停まっていた。

足元に落ちていたガラクタの一つを拾い上げる。

それは人間の手の形に似た、鉄の塊だ。

この場に棄てられている全てが——かつては人の形をしていた。

戦闘用人型アンドロイド。

長年続いた戦争に疲労した人類は、機械にその全てを押し付けた。

つい先月、その戦争が終結するまでは。

「やだね。僕《ぼか》ぁね、こういうのは好きじゃあないんだよ」

「ははは。戦闘用とはいえ、人間の形をしたのがバラバラになってたら、気色悪《わり》ぃよな」

「いや、そうじゃあなくて……」

「じゃ、ジェフリーさん。オレはもう行かなきゃならないから、帰りは違うトラックに乗せて貰《もら》ってくれ！　悪いな！」

気さくに笑って、作業員はトラックに乗り込んだ。

やれやれと苦笑して、ジェフリーは彼に手を振りガラクタの山へと歩き出す。

棄てられた戦闘用アンドロイド達の遺骸に足を取られながら、ゆっくりあたりを散策した。

「……用無しになれば、ポイ。エコじゃないねぇ」

足元に横たわっているアンドロイドに向かって話しかけてみる。当然、返事はない。廃棄前にバッテリーは回収する決まりだから、彼等は二度と動けない。

死んだのだ。

ジェフリーの仕事は、軍のメカニック——だった。今は、違う。

彼等と同じく、用無しとして解雇された。

この場の彼等が傷付けば修理をして、また戦えるようにする。より沢山の敵を倒せるように、改良する。

それが、ジェフリーの役目だった。

この中の何処《どこ》かにも、きっとジェフリーが修理したアンドロイド達が居る。ゴミとして、捨てられている。

今まで自分がしてきた事が、砂の城を作るような事だったのだと思い知った。何も残らず、ただ崩れ去り忘れさられるのだ。

「――墓参りって、好きじゃあ無いんだ。でもねぇ、僕しかいないだろうから」

そう呟《つぶや》いて、ジェフリーは煙草《たばこ》を地面に置いた。そして、手に提げていたバッグからワインの瓶と、アンドロイド用の機械油の缶を取り出す。それらも、煙草と一緒に置いておく。

感傷的になっているのは、彼等と同じく廃棄された立場だからだろう。

メカニックの仕事を二十年近く続けてきたというのに、四十二歳の今更になって他の何をすればいいのか。

胸には、ぽかりと穴が空いていた。

油と鉄の匂いがする風が、ジェフリーの黒い巻き毛を揺らし、コートの裾《すそ》を撫《な》でる。まるで、引っ張られているような気がした。

「ん？」

ふと、背後でカタンという音がして、ジェフリーは振り向いた。

新たにトラックから廃棄されたにしては、音が小さい。大量にどさりと捨てていくから、それなりに派手な音がするはず。

しかし、その音はとてもか細くて、もしジェフリーがあと数歩離れていたら聞こえなかったかもしれない程だ。

耳をそばだてていると、またカタンと音がした。それは、足元から聞こえたようだった。

「……まさか？」

音の聞こえた方へと近寄り、しゃがみこむ。カタンと、また音がした。

「誰かいるのかい？」

声をかけてみる。

すると、先程までより激しくカタカタ鳴りはじめ、ガラクタの中からズボッと手が生えた。

機械の左手だ。指は殆《ほとん》ど折れたり捻じ切れたりしていて、まともなものは薬指一本だけだった。

「……ははは。いい指が残ったねぇ。結婚運が良さそうだ」

そんな軽口を言って、その薬指を握ってみる。

冷たいその指先が、必死にジェフリーの手に縋《すが》ってくる。

たったそれだけで『生きたい』という強い意志を感じた。

第一章　廃棄されたもの同士

朝食のパンが焼けるいい匂いがして、ジェフリーは目を覚ました。

はて、ホームベーカリーをセットして寝ただろうかと思いながら、寝乱れたベッドから滑り下りる。

下着一枚のだらし無い姿だが、どうせ一人暮らしの男やもめだ。気にする事もない。

ガリガリと腹を掻《か》きながらリビングに足を踏み入れると、無人のはずのそこに人影があって思わず悲鳴をあげる。

「うわあ！　……あれ？」

そこに居たのは、一体のアンドロイドだった。

鈍色《にびいろ》に光る鋼《はがね》のボディは、人間の筋肉の形を模してはいる。だが角ばっていて硬そうで、人間らしい柔らかさは皆無だ。

顔は、人間と同じ位置に目の形のセンサーはあるが、鼻はない。口は鉄の牙が並んだ凶悪な裂け目だ。

敵を威嚇《いかく》する為に、わざと恐ろしく威圧的な顔にデザインされているこの異相――戦闘用アンドロイドだ。

「あー、そう言えば。拾って帰ったんだっけね」

アンドロイドの墓場で、ジェフリーはこのアンドロイドを見つけた。

おそらく廃棄の際に、バッテリーを外し忘れていたのだろう。ボロボロで壊れかけていたが、まだ動いて生きようとしていた。

そんな彼を放ってはおけず、トラックに乗せてもらい家まで連れ帰り、簡単な応急処置だけ施した。

その後、疲れて寝酒を飲んで眠ってしまったのだった。

室内をよく見ると、ゴミだらけだったはずのリビングは片付けられ、久しぶりにテーブルの木目が見えていた。そういえば木製だったなと思い出す。

ソファの上の洗濯物の山も消えていた。

「……これ、君が？」

問いかけると、アンドロイドは首を縦に振る。

「へー、戦闘用アンドロイドのはずだけど、家事機能がついてるのかぁ」

感心しながら、ソファに腰掛ける。

香ばしいパンの匂いに鼻をひくつかせていると、アンドロイドは何か言いたげに自分の喉を指差した。

「あー……言語機能が故障してるのかなぁ？　ラボから工具箱持ってきてよ。すぐ直すからさ」

指示通りリビングから出て行くアンドロイドを見送り、テーブルの上に置かれていたリモコンでテレビを付ける。

リモコンを探す手間がかからないのは、久しぶりだ。

『――プロキシマbでは、既に大多数の市民が地球による統治に同意しており、反抗勢力の制圧は概《おおむ》ね完了したとのことです。新生政府ではこの星の呼称を「テラⅡ」と改めるという案が――』

たまたま映ったニュース番組では、アナウンサーが真面目《まじめ》な顔をしてそう嘯《うそぶ》いている。

プロキシマbとは、地球からたった四光年の位置にある地球型惑星だ。

五十年ほど前に、地球人類はその星への移住を試みた。

だが、その星には先住民が居た。

それも、地球人類とほぼ同じ姿で、ほぼ同等の文明を持っていたのだ。

プロキシマ星人達は当然、地球人類を受け入れようとはしなかった。だが、地球人類ももはや後には引けない。移民船団には、何十億の地球人が新天地を求めて乗り込んでいたのだ。

そして始まったのが、第一次星間戦争。地球とプロキシマbとの戦いだ。

戦争は五十年続いたが、ついに地球の勝利でそれは終わった。

テレビ画面には、笑顔を浮かべるプロキシマ星人の子供が映っている。彼等の血液は、地球人類とは違い鉄ではなく銅で酸素を運ぶ。その為、肌は青白い。その他は、ほぼ人間と同じだ。

子供の笑顔が可愛《かわい》いのも同じ。

その笑顔は、我々から仕掛けた侵略戦争であるにも拘《かかわ》らず、まるで我々が来た事で彼が幸せになったかのように思わせる。

こういった報道が、連日どこのチャンネルでも流れていた。

「あ～あ。やだね」

チャンネルを変えると、子供向けのアニメが放送されていた。

こちらの方が、まだ毒が無い。

工具箱をガチャガチャいわせて、ラボからアンドロイドが出て来た。子供番組とジェフリーの顔を見比べて、一瞬動きを止める。

しかしすぐに動きだし、テーブルに工具箱を置いた。

「後ろを向いて、そこに座ってくれる?」

背中を向けて床に座ったアンドロイドの、首筋に触れる。触覚センサーは働いているのか、僅《わず》かに身体が反応していた。

専用の工具を使い、そこの蓋を開ける。人間でいうと延髄の部分だ。

「あーらら。あちこち回線が切れてるねぇ」

だが、これくらいならすぐに直せる。

回線を張り直し、溶接する。壊れた人工声帯は予備のものと付け替えた。

パチンと延髄の蓋を閉じる。

アンドロイドは、自分の喉を撫でて「あ、あ、あ」とチューニングを始めた。

個体識別の為に、各アンドロイドで声は違う。その音声設定は本体に記憶されていた。声帯を入れ替えても、設定が適応されれば『彼の声』が出るのだ。

「……ありがとうございます」

良い声だ。甘さを含んだ低い声。

無骨な見た目には似合わない、愛を囁《ささや》けば女の子がコロリといきそうな男前の声だった。

「君、いい声だねぇ。モテたでしょ」

「……本機は、戦闘用です。セクサロイドの機能はありません」

「ははは、分かってるよぉ。冗談さ」

生真面目な返しに、ジェフリーはなんだかおかしくなる。

「でもね、君はさぁ……戦闘用アンドロイドとしては、もう仕事出来ないんだよね。戦争が終わったから。分かる？」

アンドロイドは、躊躇《ためら》いがちに頷《うなず》く。

そんな彼が、なんとなく不憫《ふびん》に思えた。

戦う為に作られ、戦いが終わって捨てられた彼は、助かったところでどうすれば良いのだろう。

その寄る辺のなさは、ジェフリー自身と重なった。

ピピピッと、ホームベーカリーが焼き上がりを報《しら》せる音を立てる。

するとアンドロイドはすっと立ち上がり、キッチンに向かって歩き出した。

ジェフリーも、なんとなくついて行く。

空き缶やファストフードの空容器でごちゃごちゃしていたはずのキッチンは、まるで越してきたその日のようにピカピカになっていた。

「君さ、なんで家事機能付いてるの？」

「本機にも分かりません」

「ああ、そう……でも、いいねぇ。キッチンが綺麗《きれい》なの久しぶりだよ。ありがとうね」

「いいえ。本機はすべき事をしたまでです」

「すべき事？」

「室内に不要物が多く、特にキッチンは腐敗臭がありました。人間が快適な生活を送れる環境では無いと判断したので、清掃しました」

「……い、いつもこうじゃ無いんだよ？たまたまねぇ、ほら、忙しくて……」

恥ずかしくてつい弁解するジェフリーを尻目に、アンドロイドはホームベーカリーからふかふかのパンを取り出すとまな板の上に載せた。

パン切り包丁を握る右手は、指が欠けている。左手にいたっては、指先まで残っているのは薬指一本しかない。

この不自由な手で、これだけの家事をしてくれたのかと思うと、健気《けなげ》なこのアンドロイドに情が湧いた。

（……手、治してあげなきゃだねぇ）

冷蔵庫にはたいしたものは入っていなかった筈《はず》だが、玉子とミルクはあったのかフレンチトーストを焼いてくれた。

固まっていたハチミツを湯煎して溶かしたものが、たっぷりとかかっている。

熱いコーヒーとフレンチトーストがリビングのテーブルに並べられると、ジェフリーは年甲斐《としがい》もなく嬉《うれ》しくなってしまう。

「いやぁ、誰かに朝ごはんを作って貰うなんて、何年振りだろう。いただきます！」

さっそく齧《かじ》り付くと、たっぷり玉子とミルクを含んでいてジュワッと柔らかい。バターが焦げた甘く香ばしい香りが、口の中に満ちた。

子どもの頃に食べた、母の作るフレンチトーストにそっくりで、ジェフリーは小首を傾《かし》げる。

「僕、君にフレンチトーストのレシピをインプットしたかな」

「分かりません」

「だろうね……あ、もしかして。戦争中、僕は君を修理した事があるかい？」

「はい。通算七回修理していただきました」

「ああ、そっか。ごめんね覚えてなくて。流れ作業だからさぁ……あー、でもそっか。なら、多分家事機能もこのレシピも僕自身の仕業だねぇ……」

大規模な作戦の後などは、大量の戦闘用アンドロイドが負傷して修理工場に運ばれて来た。大体は整備ロボットが直すのだが、やはり人の目でのチェックは必要だ。最終チェックは必ず人間のメカニックが行う。

それに、特に負傷が酷《ひど》かったりおかしな壊れ方をしたアンドロイドは、ジェフリー自身が一から修理することも珍しくなかった。

そういう時、ジェフリーは時々彼等に『悪戯《いたずら》』をした。

歌を歌う機能を付けてみたり絵を描く機能を載せてみたりと、戦争には関係の無い部分をカスタマイズしていたのだ。

どうやらこのアンドロイドにも、ジェフリーは悪戯をしたらしい。家事機能を載せ、母親が遺《のこ》したレシピのデータまでインプットしたのだ。

きっとその時、酷く腹が減っていたに違いない。

「本機は覚えていました。ジェフリー・東谷《あずまや》先生」

「うん。君はアンドロイドだから忘れないだろうねぇ。羨ましいよ、僕ぁ最近すぐに色々忘れちゃうんだ」

「若年性アルツハイマーですか。治療を受けているのですか？」

「いや、そこまで深刻じゃないよぉ……君は、ちょっと真面目過ぎるね」

おかしくて、ついつい笑ってしまった。だが、アンドロイドである彼は気を悪くしたりはしない。ただ、無感情な目でジェフリーを見ているだけだ。

「病気でないなら、問題ありません。東谷先生、お味はいかがですか」

「ああ、美味《おい》しいよ。ありがとう」

礼を言うと、アンドロイドは少し胸を張った。なんとなく、満足気に見える。戦闘用アンドロイドに搭載されているＡＩには感情は無い筈だが、彼にはなんとなくそれがあるように感じた。

「家事してくれるのはありがたいから、しばらくは居候《いそうろう》させてあげるね。なんとか、君を再利用《リサイクル》……あー、どっかに再就職できるように僕も協力するよ」

「再就職する必要はありません」

「え？」

「廃棄してください」

「えぇ～？　せっかく直したのにぃ？」

「訂正します。……本機の所有者は東谷先生です。貴方《あなた》が不要と判断したら、廃棄してください」

あんまりな言い草に、ジェフリーはソファに身体を沈み込ませて唇を尖《とが》らせた。

「ずるいよぉ。そんなの、僕が面倒見ないと死ぬって言ってるようなもんじゃないか」

「本機は生命体ではありませんので、死はありません」

「んー……参ったなぁ」

ぽりぽりと頭を掻く。

今のところは、アンドロイド一人養う事もできないほど困窮しているわけではない。それなりに貯蓄はある。だが、なんといってもジェフリー自身も無職なのだ。

自分の生活も安定していないのに、ずっと彼の面倒を見る事ができるほどの余裕は無いだろう。

「……ま、なるようになるかぁ……」

今は考えるのが億劫《おっくう》になり、結論を先送りにする。

綺麗な部屋が快適だから、しばらくはこの生活を維持したいという気持ちもあった。それに、このアンドロイドは、なんとなく生真面目で可愛らしい。放り出すのは忍びなかった。

「そういえば君、名前は？」

「個体識別番号はＬＩ２２０７ＡＭ３です」

「割と初期のロットだねぇ……ふーん、なら数字を抜いて、ＬＩＡＭ。リアムにしよう。君の名前は、今日からリアムだ」

実にいい思いつきだと、ジェフリーは笑みを浮かべる。彼にぴったりの名前だ。

「個体識別番号を書き換えます。リアム。本機は今日からリアムです」

リアムの無骨な鉄の顔も、どこか嬉しそうに見えた。


「うーん、ダメかぁ」

目の前に散らばる『服の残骸』を前に、ジェフリーは肩を落とした。

朝食の後、ジェフリーはクローゼットをひっくり返し、リアムが着られそうな服を探してみた。

しかし細身なジェフリーの服は、リアムの逞《たくま》しい鋼鉄の身体には小さ過ぎる。

ジェフリーが「着てみて」と言ったからか、リアムはなんとか身に着けようと努力してくれた。

しかし、尖った鋼鉄の身体に引き裂かれ、服は見るも無残なボロ雑巾に成り果ててしまったのだった。

「……申し訳ございません」

「いいよいいよ。ずっと着てなかった服だし。今より太ってた頃のだからギリギリいけるかなぁと思ったけど、やっぱりムリかぁ」

破れたパンツを片手に立ち尽くしているリアムに、笑いかけて肩を叩《たた》いてやる。

リアムのような量産型の戦闘用アンドロイドは機動性重視の為、背丈はさほど高くはない。百八十cmくらいで、ジェフリーより少し高い程度だ。

それでも服が合わないのは、厚みが全く違うからだろう。盛り上がった鋼鉄の胸板を見ると、自分のペタリとした身体が情けなくなる。

「仕方ないね、新しい服を買うかぁ」

「……本機はアンドロイドです。服を着る必要性はありません」

「駄目だよ君、裸じゃないか」

「アンドロイドが裸で、問題があるのでしょうか」

「あー、リアムは戦闘用アンドロイドだからねぇ。あまりよく知らないんだろうけど。街中にいるアンドロイド達は、みんな服を着ているよ」

子守や家庭教師、ボディガードや介護。今やありとあらゆる仕事をアンドロイドが担っている。

彼らは人間によく似た形に作られているため、人間から見て見苦しくないように服を着ているのが一般的だ。

「君らには、羞恥心なんてないんだろうけどさぁ。君のツルツルのそこも、一応大事なところだから。他人に気安く見せるもんじゃないの。分かる？」

セクサロイドのように性器がなければ、露出していても猥褻物陳列罪《わいせつぶつちんれつざい》にはならない。

リアムの股間は、なんの凹凸《おうとつ》も無くつるりとしている。ただの関節だ。

それでも、そこを『恥部』だと感じてしまうのは、リアムに情が移っているからかも知れない。

「東谷先生は、いいのですか」

「ははは、そりゃ僕《ぼか》ぁ同居人だし。君らアンドロイドのお医者先生だからねぇ。見えちゃっても気にしないでいいよ」

「そうではなく。東谷先生は下着一枚で、更に先程からトランクスの裾から性器が覗《のぞ》いていますいいのですか？」

「…………良くないね……」

リアムに指摘されて、気恥ずかしくて股間を押さえる。慌ててクローゼットに飛び込み、引っ張り出したスーツを身に着けた。

少しデザインの古い、カジュアルなスーツだが、着るものに無頓着なジェフリーの持っている服の中では一番ましなものだった。

次にリアムの体型を測り、サイズの合う服を適当に数着ばかりネットで購入する。

「即時配達で注文したから、今日の昼過ぎには届くってさ。受け取っておいてよ。僕《ぼか》ぁ出かけるから」

「どこへですか」

「職業案内所。僕も、軍をクビになって無職だからねぇ」

「……東谷先生は、軍をクビになったのですか」

「そう。だから、僕も君と一緒さ。不要品として捨てられたってわけ。ぽいっとさ」

「……」

戯《おど》けてそう言ってみせるが、リアムは黙りこんでしまう。こういう場合、どうリアクションをとるべきか分からないのだろう。

とりあえずリアムは放っておいて、クローゼットの鏡を覗きながらネクタイも締める。髪も手櫛《てぐし》で整えた。

だが鏡の向こうの男はなんとなく眠たげな目をしていて、くしゃりとした巻き毛で、見るからにだらしがなさそうだった。

（……大丈夫かなぁ。あーあ、仕事見つかるかなぁ）

一抹の不安を感じて、ジェフリーはネクタイを引っ張りながらため息をついた。


「メカニックですか。……今は、あんまり働き口がないんですよね、大体機械化されていますから……。ああ、電気屋さんの店員なら、紹介できますよ」

案の定にべもない事を言われて、ジェフリーは苦笑いを浮かべる。

職業案内所の若い女性職員がパソコンを操作すると、ジェフリーの手にしたタブレットに数件の求人情報が表示された。

それは家電量販店のアルバイトばかりで、時給は驚くほど安い。

プロのメカニックとして二十年軍に勤めたジェフリーが、家電量販店のアルバイト。

なんとも、物悲しい話だ。

「僕《ぼか》ぁ、家電は専門外だよ」

「ならいっそ、メカニックは関係ないところに就職したらどうでしょう」

タブレットの画面が切り替わり『未経験歓迎の求人情報・40代男性』で検索した結果が表示される。

宅配ピザの電話受付、コンビニ店員、カフェの店員……。

「あはは、ホストクラブなんてのもあるね」

「はい。最近は、老け専というか……大人の男性も需要があるようです。特にアズマヤさんのような日系人は人気がありますよ」

「ああ、そう……まあ、珍しいからねぇ」

自分がそういう職が向いているとは思えないが、興味本位で詳しく検索をしてみると、男性向け風俗店の求人まで出てきた。

いわゆる、男娼というやつだ。

「……えーっと、こういう求人も斡旋《あっせん》してるのぉ？」

「は、はい。あの、ほら……。人間の雇用なんて、専門職か接客業しかありませんから……だから、こういうのも、貴重な就職先なのです」

「あ、ああ……へぇー……」

「元軍人さんでも、その、こういう業界に再就職される方は最近多いです。軍のリストラのせいで、人手が余りがちですから、普通の雇用先が見つからない方も多いのです」

「そうか……なんだか世知辛いねぇ……」

男に身体を売る自分を想像して、寒気がした。

当たり前だが給料は一番いい。だが、魅力的な就職先だとは思えなかった。

セクサロイドは広く普及しているが、やはり血の通った人間としかセックスは出来ないという人は多い。

ジェフリー自身も、セクサロイドを抱いた事はなかった。人の形をしている彼女達を、マスターベーションに使うなんて。自分の意思を持たない彼女達は、望まない行為を拒否することも、好きな人とのセックスを望むこともできない。人間が一方的に搾取するだけのその行為が、ジェフリーには虚《むな》しく思えるのだ。

「……うーん、とりあえず今日は帰るよ……もうちょっと、考えたいからね」

そう断って、ジェフリーは職業案内所を出た。建物を出てすぐに、胸ポケットから煙草を取り出す。

甘い煙を吸い込んで、ため息ごと飲み込んだ。

ジェフリーの住む街オリビアは、プロキシマb——改めテラⅡに最初に出来た地球人類の街だ。この地に最初に降り立った女性の名を貰ったこの街は、軍の関係者が移り住んだ小さな集落から始まり、五十年かけて今やテラⅡで一番の大都市になった。

こんなに大きな街で、人も物も溢《あふ》れているのに。

今のこの街には、ジェフリーを受け入れる余裕は無いのだ。

「東谷先生」

ふいに声をかけられて振り返ると、そこにはリアムが所在無さげに立っていた。

「どうしたんだい、リアム」

「お迎えに来ました。迷惑でしたでしょうか」

「ははは、そんな訳ないよ、嬉しいに決まってるじゃないか」

「再就職先は見つかりましたか？」

「んー……中々難しいかなぁ」

「そうですか」

午前中頼んだ荷物が届いたのだろう。

リアムはジェフリーが選んだニットセーターとジーンズを着ていた。

機械の身体は真新しい服で隠れているが、鋼鉄の異相はどうしても目立ってしまう。

通行人には、ジロジロと不審な目で見られていた。

「……僕を待ってる間、職務質問とかされなかった？」

「はい、二回ほど」

「やっぱり……大丈夫だった？」

「はい、武装を全て解除している証明はさせられましたが、問題はありません」

「えーっと、つまり？」

「服を脱がされ、全身をチェックされました」

「えぇー、こんな路上で？」

いくらアンドロイドに羞恥心が無いとはいえ、人前で裸にして身体を調べるなどあってはならないことだ。アンドロイドには人権がないからと、まるで物のように扱う人々は少なからず居るが、おそらくその警官もそういう思想の持主だったのだろう。

もし自分がその場にいたら、抗議したのにと腹を立てる。

「やだねぇ。いいかいリアム、そういうのは嫌なら拒否していいからね」

「しかし、拒否したら連行すると」

「逃げちゃえ逃げちゃえ」

「そういう訳にはいきません。公務執行妨害になります」

「真面目だねぇ。でもね、君はもう安全なアンドロイドなんだから。不当な取調べを受ける必要なんかないさ」

リアムに搭載されていた武装機能は、当然全て外してあった。彼は人間の身体を紙切れのようにねじ切れる怪力の持ち主だが、それも出力を弄《いじ》って成人男子の平均並みの力しか出ないようにしている。

今のリアムの握力は四十五kg程だ。

彼はもう危険な戦闘用アンドロイドなどでは無い。顔が怖いだけの、家政夫アンドロイドだ。

それなのにすれ違う人々は、リアムを見て表情を強張らせたり、不躾《ぶしつけ》な視線を送ってくる。

それが、なんだか悔しい。

彼は安全なのだというアピールの為に、ジェフリーはリアムの腕に自分の腕を絡めて密着した。

綺麗に直して五本指に戻った手を握る。リアムも、きゅっと握り返してきた。

「東谷先生。お願いがあるのですが」

「お願い？　なんだい、言ってごらん」

「りんごと紅茶を買っていただけませんか？」

「いいけど、なんで？」

「アップルパイを焼こうかと。インプットされているレシピでは『アップルパイには必ず紅茶』と指定されていましたが、コーヒーしかありません」

「アップルパイ！　いいねぇ、僕の好物だよ」

嬉しくなって、隣を歩く無骨な鉄の横顔を見上げてみる。無機質な機械の目と、視線がぶつかった。

感情など無いはずなのに、なんとなく気遣わしげにこちらの顔色を窺《うかが》っているように見える。

（……もしかしてリアムは、僕を励まそうとしてくれてるのかな）

そう考えると、なんだか胸が温かくなってきた。

近所の大型スーパーへ向かって、二人で腕を組んだまま歩き出す。

ついさっきまでは鬱々《うつうつ》とした気分だったが、リアムのおかげで気持ちが軽くなっていた。

元々、ジェフリーは怠惰な人間だ。

仕事の他には趣味も無い。

これまで休日は日がな一日寝ているか、ボーッと煙草を吸っているだけだった。

「おはようございます。東谷先生」

だが、今は違う。

俯《うつぶ》せに寝ているジェフリーの足を冷たい鋼鉄の手が掴《つか》み、無理矢理ベッドから引き摺《ず》り下ろされる。

べちゃりと床に落ちて、思わず呻《うめ》いた。

「……最近さぁ、僕の扱い雑じゃなぁい？」

「普通に起こすのでは、三十分かかります。これが効率の良い方法だと判断しました」

「あー、そう」

まだ眠たいが、しぶしぶ身体を起こす。

壁掛け時計で時間を確認すると、午前七時きっかりだ。

リアムは毎晩二十二時に、ジェフリーにパジャマを着せベッドへと押し込めて、朝は七時に叩き起こす。

宵っ張りのジェフリーが、こんなに規則正しい生活をしているなんて何年ぶりだろうか。学生時代だって、こんなに早寝早起きをしてはいなかった。

「んーいい匂いがする……朝ごはん、なぁに？」

「今朝は和食にしました。出汁《だし》巻き玉子と、トウフとワカメの味噌汁と、塩鮭です」

それはリアムがこうして起こしてくれるからというのもあるが、三食きっちりご飯を作ってくれるから、というのもあるだろう。

規則正しい生活と食事。そのおかげかは分からないが、リアムと同居し始めたこの一ヶ月間、とても体調がいい。

「あー、いいねぇ。……あと三十分寝てからなら、もっと良かった」

「それでは、冷めてしまいます」

「分かってるよぉ、冗談さ。せっかく作ってくれてるんだから、温かい内に食べなきゃねぇ」

寝室を出て、リビングのソファに座る。こうしてまともな食事をする習慣が付くと、ちゃんとしたダイニングテーブルが欲しくなる。

だが、貯金の残高を考えると思いきれず、未《いま》だリビングのテーブルで食事をしていた。

「いただきます」

テーブルに置かれた湯気を立てる朝食を前にして、ジェフリーは手を合わせる。

ジェフリーの母は、日本人だった。その為和食もよく食卓に並んでいたが、子供の頃は味気なくて苦手だったものだ。

煮物を前にハンバーガーやブリトーなどを欲しがり、母に怒られたりもした。

だが今は、出汁巻き玉子の滋味深い味が理解できる。

「お味はいかがですか、東谷先生」

「うん。今日も美味しいよリアム」

懐かしい味のする食事も、完食して空になった皿を前に胸を張って誇らしげにしているリアムも、いつもジェフリーを癒してくれている。

二人して無職だという不安さえ無ければ、最高のルームシェア生活だ。

「食事が終わったら、散歩に行きましょう。今日は天気が良いです」

「んー……そうだね」

空いた皿をキッチンに運ぶリアムの後ろ姿を眺めながら、煙草を吸う。

(……なんか、ルームシェアっていうよりも奥さんみたい)

そう考えて、なんだか急にげんなりしてきた。結婚生活というものに、良い印象が無いからだろうか。

なんとなく、なにも付いていない左手薬指がスカスカする。

「どうかしましたか」

「あ、いや。何にも無いよ……リアムって、いい奥さんになりそうだなぁって思ってさ」

「アンドロイドは結婚できません」

「分かってるよぉ。そもそも君は男じゃないか」

「本機に性別はありません」

「もぉー、真面目。返しがいちいち真面目」

そんな融通が利かないリアムに、ジェフリーは好感を持っていた。感情が無く、合理的な思考しかしないアンドロイドのくせに、妙に人間くさい。

彼が元々戦闘用アンドロイドだった事を、忘れてしまいそうだ。

戦闘用アンドロイド達は、工場で大量生産された消耗品だ。銃や戦車の延長線上にある、ただの兵器。

だが彼等には確かに個性があり、感情は無くても、意思はある。少なくともジェフリーにはそう思えていた。

特にリアムからは、強く意思を感じるのだ。

心があるようにすら見える。

「……東谷先生は、結婚したいのですか？」

「え……いや、僕は結婚はもういいかな……一回失敗してるしね」

「結婚に失敗とは、離婚したという事ですか」

「あー、まあねぇ。たった三年だけの結婚生活だったけど」

嫌な思い出が蘇りそうだった。

その苦さを誤魔化す為に、ジェフリーは煙草の煙を深く吸い込んで、ふーっとため息と共に吐き出した。

「……出かけましょう。太陽の光は人間の気分を明るくします」

何かを察したのか、リアムはそれ以上聞かなかった。そして、クローゼットから着替えを持ってきてくれる。

アンドロイドの不器用な気遣いに苦笑しながら、ジェフリーはそれを受け取った。


すっかり冬らしくなってきた。空は冷たく澄んだ青色で、白い息がよく映える。

はー、はー、と息を吐きながら歩いた。リアムは、ジェフリーの少し後ろを付いてきている。

せっかく散歩するならと、少し足を伸ばして大きな公園まで遊びに来てみた。地球の植物が植えられたこの緑地公園は、オリビア市民の憩いの場だ。

「ここ、リアム初めてだよね」

「はい。自宅から半径一キロ以上離れた事はありませんでした」

「いいよぉ、ここ。植物園もあるんだ。春になったら、また来ようね。桜もあるんだよ」

緑の中を歩くリアムは、まるで森の番人のようだった。二人で枯葉を踏みながら、ゆっくりと歩く。

すれ違う人々はリアムに奇異の目を向けていたが、もう慣れてしまいあまり気にならなくなっていた。

（でも、僕は良くてもリアムが嫌かもしれないよねぇ……顔だけでも、改造してあげた方がいいのかなぁ）

ふと思い立って、そっとリアムの鉄の頬に触れる。

当たり前だが、キンキンに冷えていた。

「凍傷になります」

「そこまでは冷たくないかな……リアム、君は自分の顔好きかい？」

「特に感想はありません」

「だよねぇ。でも、僕《ぼか》ぁ君の顔好きなんだよね」

リアムの口は牙の並ぶ凶悪な裂け目で、目付きは鋭い。威圧的で凶悪な顔をしている。戦うために作られたこの顔だと、家政夫アンドロイドとなった今のリアムは不便に感じるかもしれない。リアム自身のことを考えるなら、すぐにでも顔を変えてあげるべきだった。

そうできなかったのは、ジェフリー自身が、これがリアムの顔なのだと馴染《なじ》んでしまったからだ。慣れ親しんだこの顔が変わってしまうことが、寂しいからだろう。

「……本機の顔面は、人間が恐怖心を抱くようにデザインされているはずです。しかし、東谷先生にとっては違うのですね」

「うん、僕は怖いだなんて思わないよ。頼もしくて、格好いい顔じゃないか。ただ、もし君自身が戦闘用アンドロイドの見た目のままであることで不便に思っているなら……少し、変えることもできるよ。君がこうなりたいって顔があるなら、近づける努力もするし。どうする？」

冷たい頬を撫でながらそう問うてみる。すると、リアムはその手に自分の手を重ねて、悩む事もなく答えた。

「不要です。本機のデザインにおいて、東谷先生の好みが最優先事項です。貴方が今の顔で良いなら、このままで問題ありません」

「なんだい、それ。君の顔の事なのに、僕が決めちゃっていいの？」

「はい」

もう少しわがままを言ってくれてもいいのにと、そう思わなくはない。この健気なアンドロイドは、なにもかもジェフリーを最優先にしてくれる。そのことに多少の罪悪感はあった。

だが、今はリアムの言葉に甘えることにする。ジェフリーの本心としては、彼には変わって欲しくなかったからだ。ずっと、今のリアムのままでいて欲しい。

「じゃあ、このままで。でも、必要な時はいつでも言ってね」

「はい。一つ、いいですか東谷先生」

「ん、なあに」

「本機も、先生の顔は表情が豊かで、好ましく思っています」

「アハハハ！　リアムがお世辞を言ったよぉ！」

「アンドロイドはお世辞を言いません。本機は東谷先生の笑顔が好きです」

なんだか擽《くすぐ》ったくて、クスクスと笑いが込み上げてくる。

このアンドロイドは、案外女タラシの素質があるのかも知れない。男のジェフリーでもリアムの低く甘い声でこんな事を言われると、悪い気はしない。

「そうかぁ、ふふふ。なら僕等は両想いだって事だねぇ。少なくとも、お互いの顔に関してはね」

あの日、あのアンドロイドの墓場へ行って良かったと、ジェフリーは心底そう思った。そうでなければこの良き友人に出会えず、彼はゴミに埋もれたままだったのだ。

ふいにリアムは足を止めた。じいっと、無機質な目でジェフリーを見詰める。

たっぷり数秒そうしていてから、目を逸《そ》らした。

「東谷先生。お腹《なか》が減ったのではないですか？　そろそろ、帰りましょう」

「うん、減った減った」

「今日はレアチーズケーキを作ってみました。冷蔵庫に入れてあります。そろそろ、固まっているはずです」

リアムの作るケーキは、本当に美味しい。ジェフリーにとっては亡き母の味だという贔屓目《ひいきめ》もあるが、それを抜きにしてもどんどん腕が上がっているように思う。

「じゃあ、急いで帰ろうか」

とても気分が良かった。リアムの言う通り、日の光を浴びたからだろうか。

美味しいケーキが待っていると思うと、疲れているはずの帰り道でも足取りが軽い。

あっと言う間に、自宅に帰り着いた。

鼻歌を歌いながら玄関の扉の鍵を開けようとして……違和感を覚える。

「……東谷先生」

「鍵がかかってないんだけど……僕、鍵かけて出たよね」

「はい。確かに施錠していました。東谷先生、本機が先に入ります。後ろへ退がってください」

頼もしいリアムの指示に従い、彼の後ろに隠れる。鋼鉄の背中について、玄関に足を踏み入れた。

まさか、空き巣か。なけなしの財産を持っていかれていたらどうしようかと内心気が気でない。

「あら。……ジェフリー、帰ったの？　おかえりなさい」

中から声がかけられて、泥棒じゃなかったと安堵《あんど》する。しかし同時に、その声の主に気付いてうんざりもした。

リアムの脇を掻い潜《くぐ》ってリビングに飛び込むと、ソファには一人の女が座っている。

ジェフリーと年の変わらない赤毛のその女は、いつもの白衣姿のままで、涼しい顔をしてコーヒーを飲んでいた。

「……アン、……あのねぇ……僕ん家《ち》に勝手に入らないでってば。しかも、鍵開いてたよ」

「あ、ごめんなさい。うっかりしちゃった」

文句を言っても、アンはさして気にしていないようだ。

ふとテーブルを見ると、切り分けられたレアチーズケーキがある。すでに半分ほど消えていた。アンの胃袋に収まってしまったのだろう。

「——ケーキが半分に」

背後でリアムが呟く。なんだか、ショックを受けているように思えた。

「アン、あのねぇ。それ、僕のケーキなんだけどぉ？」

「ああ、これ？　お腹減ってたのよ、夕べからなんにも食べてなくって。徹夜で仕事しててね」

「そうじゃなくって……もう」

更に残ったケーキにまでフォークを突き立てようとするアンから、慌てて皿ごと取り上げる。これ以上食べられたら敵《かな》わない。

「東谷先生。この女性は、空き巣ですか。通報しますか」

「いいや……って、もしかしてリアム怒ってる？」

「本機には怒りという感情はありません」

「……怒ってるように見えるけど……まあ、いいや。彼女はアン。僕の……離婚した奥さんだ。だから家に上がるのは、おかしくはないんだ。まだ、鍵は預けたままにしてあるからね」

「そうですか」

そう紹介すると、リアムは納得したようだった。アンとジェフリーを見比べると、無言でキッチンへと消える。

その背中を見送ると、アンは青い目をキラキラさせてジェフリーに飛びついてきた。

「なに？　なになに新しい恋人？　え、サイボーグなの？　かなり顔怖いけど、危ない人じゃないでしょうね」

「違うよぉ……彼はアンドロイドだから」

「アンドロイド？　……もしかして、戦闘用？」

「うん」

「戦闘用アンドロイドと付き合ってるの？」

「付き合ってないから……あのさぁアン。僕《ぼか》ぁね、機械と疑似恋愛ができるほど、想像力豊かじゃないんだよ。君はよーく知ってるでしょ？」

「なあんだ」と、あからさまにがっかりした様子で、アンはソファに座りなおす。

やれやれと、首《かぶり》を振って、ジェフリーもアンから少し離れてソファに腰掛けた。

「部屋が片付いてるし、冷蔵庫にはお野菜がいっぱいで、ケーキまで入ってるし。もしかしてーって思ったのに」

「……で、もし仮に僕に恋人が出来ていてさぁ。彼女と一緒に帰ってきた時、君が居たら揉《も》めるなーとかは考えなかった訳？」

「…………あ」

今気付いたという表情で、アンは言葉を失っていた。

彼女は、いつもこうだ。人間の心の機微というものを、彼女は理解出来ない。

それは、彼女の長所である前向きな明るさと押しの強さに繋《つな》がると同時に、彼女のどうしようもない短所だ。

「東谷先生。コーヒーを淹《い》れました」

皿に盛り付け直されたレアチーズケーキとコーヒーが載ったトレイを片手に、リアムがキッチンから出てきた。

しかし、ケーキの皿もカップも一つだ。

それをジェフリーの目の前に置くと、ジェフリーの横にピシリと背筋を伸ばして立つ。

「僕の分だけ……リアム。やっぱり怒ってるでしょ……」

「いいえ。アン様はもう召《め》し上がられたようですし、もうコーヒーも飲んでいらっしゃるから用意しなかっただけです。それに、ケーキはまた作ればいいだけです。本機に、怒りはありません」

「え、このケーキ貴方が作ったの？　凄《すご》いわ、お店のかと思った」

「そう、リアムのお菓子は美味しいんだ。それを半分も食べちゃうんだもんなぁ」

感心しているアンの姿に、期待が高まる。

さっそくチーズケーキをつついた。甘さは控えめで、口の中でふわりと溶ける。懐かしい母の味に、思わず口元が綻んだ。

「美味しいよ、リアム」

「ありがとうございます」

「私は、もっと甘い方が好きかな」

「次回はそういたします」

母が亡くなって七年近くになる。この味も七年ぶりだ。

料理が苦手なアンは三年の結婚生活の中で一度もケーキなど作ってはくれなかったし、ジェフリー自身が挑戦した時は何故《なぜ》か固まらずべちゃべちゃになった。

「あ！　そうだ！　ジェフリー、大事な事を忘れるところだったわ。今日はね、貴方に話があって来たのよ」

急に何か思い出したようで、アンはパチンと手を打った。その音に、リアムがびくりと反応している。どうも過敏になっているようだ。

「ああ、そう。なら、前もってメールくらいしてよ……」

「ごめんごめん。あのね、ジェフリー。軍のメカニック辞めたんでしょう？」

「あーうん。まあ」

辞めたというより首になったのだが。

それは口に出さず、熱いコーヒーを啜《すす》って誤魔化す。

「あのね、うちは今人手が足りないのよ。ジェフリーさえよければ、うちに来ない？」

「アンの……?」

アンは、医療用の機械義肢や機械義体などを扱う義肢装具士だ。オリビアで一番有名な義肢工房に勤めている。

確かに機械義肢の構造は、より精巧で人間に似せた繊細な動きが出来るように作られているが、アンドロイドのそれと大差は無い。

ジェフリーの経験は十分活《い》かせるだろう。

「どう? 悪い話じゃないでしょ。あ、貴方にもコレ、私の名刺ね。もっと人間に近い手足が欲しいなら、うちにいらっしゃい。ものを食べられる臓器、人間に近い性器、人間と同じ表情を持った顔なんかも作れるわよ」

アンは懐《ふところ》から名刺を取り出すと、それをペラリとリアムに手渡した。

その名刺を見詰めて、リアムは何か考え込んでいる。嫌な予感がして、ジェフリーはそれをリアムから奪い取った。

今の冷たい手も、怖い顔も、ジェフリーは気に入っているのだ。アンに勝手に弄られたくはない。

「……ありがとう、アン。考えとくよ」

とりあえずそう答えると、アンは満足したようだった。ニコニコと人懐こい笑みを浮かべ、ぎゅっとジェフリーに抱きついてくる。

「いい返事、期待してるよっ！　ジェフリーと働けたら、私も嬉しいわ」

チュッと頬に口付けをして、アンはジェフリーから離れる。

用が済んだからか、すぐにアンは帰り支度《じたく》をし始めた。彼女は、いつもこうなのだ。マイペースで、忙《せわ》しない。

「じゃ、私仕事に戻るね、またメールして。アンドロイド君もまたね」

こちらの返事も聞かず、アンはパタパタと玄関を飛び出して行った。

どっと疲れて、ソファに沈み込む。

今でも、アンを嫌いな訳ではない。だが、やっぱり疲れてしまう。

「……はーぁ……」

昔は彼女と揃《そろ》いの指輪を嵌《は》めていた、左手薬指。そこを右手の指で撫でる。

今はそこには、何も無い。

指輪は、トイレに流して捨てたのだ。アンが出て行った日に。

ふと、リアムを見上げてみる。アンを見送った時のまま、じいっと玄関の方を見ていた。

「ごめんね、アンのせいで。一番に食べてあげられなくてさぁ」

そう言うと、リアムはこちらに振り向き少し首を傾けた。

不思議そうに小首を傾げているようにも、ガンをつけているようにも見える。

「本機は気にしていません」

「僕に食べて欲しかったのに、アンが先に食べてたのが嫌だったんじゃないの？」

「東谷先生がそうだと思われるなら、そうなのでしょう」

そう言って、リアムは空いた皿を片付けはじめた。

なんだか、素っ気ない。

さっきまでは親友だったリアムが、今はまるでただの同居人のようだった。

第二章　擬似的な××

そろそろ、本気で職を決めなければ。

いつものスーツに袖《そで》を通して、ジェフリーは気合いを入れる。今日は髪もワックスで整え、ネクタイも新しくした。

「どうだい、リアム。髪を綺麗にしただけで、少しは賢そうに見えないかい？」

「本機には賢そうという感覚が分かりません。東谷先生は実際に賢い方でしょう」

「んー、見た目の話だよ……」

今日はこの後、面接がある。書店員のアルバイトだが、とりあえず無職のままよりはいいだろう。従業員割引が使えるらしいから、久しぶりに本を買って読むきっかけになるかもしれない。

まだ少し時間があるからと、ジェフリーはソファに座ってテレビを付ける。

たまたまチャンネルが合っていたローカル番組で、オリビアのメインストリートのイルミネーションを紹介していた。

ずらりと並んだ街路樹を、ＬＥＤの明かりが飾っている。まるで天の川のようだ。

「そういえば、もうすぐクリスマスかぁ」

すっかり忘れていた。

もう何年も、クリスマスなど関係ない生活を送ってきたのだ。

だが、今年は違う。

「はい、来週の日曜がイブですが――」

リアムが運んで来てくれた熱いコーヒーを啜る。

クリスマスには、きっとリアムがご馳走《ちそう》とケーキを用意してくれるのだろう。

一人きりの侘《わび》しいクリスマスディナーとは、おさらばだ。

「――東谷先生はやはり、アン様と過ごされるのですか？」

予想外の質問に、危うくコーヒーを噴き出しかける。気管に入ってしまい噎《む》せていると、リアムはすぐにハンカチを持ってきてくれた。

「大丈夫ですか？」

「げほ、げほ、……ちょっとぉ……リアム、なんでそうなるんだよ」

「日本人のクリスマスとは、イブに恋人とディナーを食べセックスをするイベントだとテレビで見ました」

「なんの番組見たのそれ……若い子はそうかも知れないけどさぁ。違うんだよ……クリスマスはねぇ、家族と過ごすものだよ」

アンはもう恋人でも家族でもない。

母も亡くなり、他に身寄りもいない。

共にクリスマスを過ごしたい家族は、今のジェフリーにとっては一人だけだ。

なんとなくリアムの手に触れたくなり手を伸ばすが、リアムはすっと手を引っ込めてしまう。

最近、ずっとこうだ。何故かメンテナンス以外では、接触を拒むようになった。

いつからだろうと思い返すと、あの日……アンが家に来た日からのように思える。

「では、ご家族の方をお招きするのですか」

「……いや、あのねぇ。君とって話なんだけど……」

「本機はアンドロイドですから、家族にはなれません」

きっぱりと言い切られ、少し胸が痛くなった。

ソファの上で膝を抱えて、そこに顎を乗せる。すぐ側に立っているリアムを見上げてみるが、リアムは微妙にジェフリーから視線を逸らしていた。

「東谷先生は、機械と擬似的な家族になどなれないのでしょう」

リアムの呟きに、ジェフリーはアンが来た日の会話を思い出した。

あの時、アンにリアムと付き合っているのかと揶揄われ、つい強く否定したのだ。

「……もしかして、機械と擬似恋愛ができるほど想像力豊かじゃないって言ったこと、聞こえてたの？」

「はい」

「それを、ずっと気にしてた訳……？」

「いいえ。確かに本機は機械ですから」

軽率だったなと、ジェフリーは自嘲した。

あの言葉をリアムが聞いたなら、機械扱いされたと傷付いて当然だ。

アンに対してムキになってしまい、リアムの事を気遣う余裕が無くなっていた。

このところずっとリアムがよそよそしかったのは、これが原因だったのだろうか。

「あー、いや。ごめん違うんだ、違う。君をただの機械だなんて思ってないよ」

「本機は紛れもなく機械です」

「そうだけどもさぁ。……君はただの機械じゃない。特別なアンドロイドだよ」

「特別、ですか」

「うん。特別だよ、リアム。君には心を感じるんだ。ただの機械だなんて、思えない」

恋愛はともかく、リアムには友情を感じているし、今はもう他の誰よりも親しい存在だ。

彼の鉄の身体には、血が通っていない。だが、彼の作る温かい食事や優しい声は、いつもジェフリーに温《ぬく》もりをくれる。それは、彼の心が温かいからだと思うのだ。

「……アンにああ言ったのはさ、僕等の離婚の原因が……セクサロイドだからなんだ」

膝に顔を埋《うず》めた。きっと、情け無い表情になっている事だろう。

「七年前……僕らが新婚の頃、母が亡くなってね。僕ぁ、ちょっと情緒不安定になったんだ」

「はい」

「んでさぁ、お互い仕事が忙しいし、僕はふらふらしてるしで。……セックスレスに、なっちゃったんだよね」

元々、アンもジェフリーも積極的な方ではなかった。それでも、それなりに求め合ってはいたのに。母の死をきっかけに、ぱたりと欲が消えた。

アンに対して欲を感じない自分に失望したし、抱き締めたいのに出来ない事が寂しくもあった。そして、アンが全く気にしていないのも、悲しかった。

「カウンセリングとかも受けてさ。二年と少し経って……僕も調子が良くなってきて。アンとデートしてさ、久しぶりに誘ったんだよ。でも、拒否されて……まあ、それは仕方ないとは思うんだけど、言い方がさぁ……ねぇ、その」

あの時の事を思い出すと、胃が痛くなる。

言葉が中々出てこなくて言い淀《よど》んでいると、リアムの指先が頭のてっぺんに触れた。顔を上げてみると、リアムは真っ直《ます》ぐにジェフリーを見詰めている。

「……『私、元々セックスはそんなに好きじゃないから、このままでいっかな。したいなら、私の顔したセクサロイド作ろっか？』って……酷いだろぉ？」

満を辞して誘ったというのにそんな返しをされ、ジェフリーのなけなしの自尊心は叩き潰された。アンが嫌味や意地悪で言ったのではなく、悪気の無い本心なのが余計に辛《つら》い。

セックスレスの原因はジェフリー自身だから、拒まれたり責められる事は覚悟していた。だが、よりによってセクサロイドで済ませては無いだろう。

「本機には分かりません。何故セクサロイドでは駄目だったのですか？」

「えぇ～？　リアムまで……あのねぇ、セックスってのは……相手の感情と同意がなければただのマスターベーションだよ。アンに似たセクサロイドを抱いてなんの意味があるんだ。ただ、性欲をどうにかしたかったんじゃない、妻だから……特別な人だから……気持ちを交わしたかったんだ、僕はアンを……」

言いかけて、結局のところは全て独りよがりだったのだなと自覚する。

自分の妻と愛し合えない惨めさも、また愛し合えるという期待も、それを酷い言葉で裏切られた悲しみも、ジェフリー自身が勝手に感じていたものだ。

アンにもリアムにも、理解して欲しいなんて傲慢だった。

「……そうだね……彼女の望む通りにすれば良かったんだねぇ。でもまぁ、その時は喧嘩《けんか》になってね。アンは出てっちゃったんだよ」

指輪を外してトイレに流した時に、ジェフリーのアンへの愛情も一緒に流れて消えた。

そう、消してしまうように努力したのだ。

それっきり、恋はしなかった。

自分は恋などしない方が良い男だと思い知ったし、なにより面倒になったから。

「東谷先生にとって、セックスとは肉体的なものではなく精神的なものなのですね」

リアムは納得したように言うが、少し違う。その二つを分けてはいけないのだ。

だが、反論する気力は無かった。

足元を見ながら、小さく頷く。

ふと、突然目の前が暗くなった。

顔を上げると、リアムは背もたれを摑んで、ソファの上で膝を抱えているジェフリーを腕の中に閉じ込めていた。

目の前には、リアムの凶悪な口がある。

「……リアム？」

リアムは自分の口に指先で触れた。カチンと硬い音がする。

そして、それをジェフリーの唇に押し当ててきた。

「え、は？　な、なに」

冷たい鉄が唇をなぞる。形を確かめるように触れて、離れた。

「キスです。実際に本機の口を当てたら怪我《けが》をするかもしれませんから、代わりに指を使いました」

「いや、いやいや。それはなんとなく分かるよぉ。なんで僕にキスするの？」

軽くパニックを起こす。

今の話の流れで、何故リアムが自分にキスをするのか。ジェフリーには全く意味が分からない。

「すべきだと判断しました」

「なんでさ……？」

「本機は東谷先生の特別なアンドロイドだからです」

「……ん？　ん？」

膝から手が離れ、足がズルズルとソファから滑り落ちる。

ソファに手をついて覆い被《かぶ》さってくるリアムに、より混乱は激しくなった。

この状況は、なんなのだろう。

リアムの手が、頬に触れる。そのまま、親指が口の中に潜り込んできた。それを、ゆっくり出し入れされる。ちゅくちゅくと、微《かす》かな水音がした。

抵抗するという発想すら、頭から吹っ飛んでしまう。

「……東谷先生。満たされますか？」

リアムは、ジェフリーを抱いている。

指を男性器、口を女性器に見立てて、擬似的なセックスをしているのだ。

それをはっきり自覚すると、脳味噌が沸騰しそうになる。

「……ま。待っへ、りあむっ」

「はい」

「ゆび、抜いへっ、やら」

なんとか拒絶の言葉を絞り出すと、リアムは素直に指を抜いてくれた。

顔も身体も、熱くて火が出そうだ。

「……こ、こんな、まさか、リアムにセクハラされるなんて……」

「セクハラではありません。セック」

「セクハラだよぉ！　同意がなければ駄目だって言ったろ!?」

「同意はあるものとばかり思っていました」

「なんでさ……なんでそう思ったのさ……」

もう、何が何だか分からない。

ただ心臓が痛いくらいに跳ねていて、血圧が上がりすぎて頭がくらくらした。妙に喉が渇いているように感じて、鉄の味がする唾を飲み込む。

これ以上追い詰められたら、どっかの血管が切れそうだ。

「退《ど》いて、もう！　面接行くからぁ！」

「分かりました、続きは帰ってからにしましょう」

「しないよっ！」

身を捩《よじ》り、無理矢理リアムの腕の中から逃げ出す。

リアムもこれ以上の事をしようとはしなかった。

顔を見るのも恥ずかしくて、目を逸らしたまま玄関から飛び出す。

（口の中が、じんじんする）

扉を閉めてから、自分の唇を押さえた。

冷たく硬い感触を思い出し、慌てて煙草に火をつける。

舌に残るリアムの味を、煙の苦さで打ち消した。

とにかく、面接に行かねば。

リアムの事を気にしている場合では無い。そう、リアムだって深い意味があってした事では無いはず。きっと、ジェフリーの話を聞いて、何か勘違いをしたのだ。それだけだ。

ジェフリーは、必死にそう自分に言い聞かせた。

しかし、面接は『上の空だった』という理由で落ちてしまったのだった。


ちゅぷ、ちゅぷ、と。湿った音が鼓膜を嬲《なぶ》る。

硬くて鉄の味がするリアムの指が、口の粘膜を擦《こす》り上げながら出入りした。

「ん、んっ、ふっ」

顎を涎《よだれ》が伝い落ちる。それが嫌で指を舌で押し返そうとしたが、愛撫《あいぶ》を強請《ねだ》ったとでも思ったのか。舌の表面をくりくりと撫でられ、上顎まで撫でられた。

「ふ、ひゅっ、う、んぅ」

に問いかける。

いつも食事の時に「お味はいかがですか？」と尋ねるのと同じトーンで、リアムはジェフリー
「ん、うー、う」

「東谷先生。満たされましたか？」

ここで頷かなければ、終わらない。

コクコクと首を縦に振ると、リアムはちゅるんとジェフリーの口から指を抜いた。

「は……はぁ……」

やっと呼吸が楽になる。口を開けて喘《あえ》ぐジェフリーの髪を、リアムの鋼鉄の手が撫でた。

冷たく硬いリアムの指が、髪を梳《す》く感触は悪くない。

「では、東谷先生。おやすみなさい」

「ふぁ、ああ、おやすみ……」

ジェフリーの口元をティッシュで拭《ぬぐ》ってから、リアムはベッドから離れる。

ようやく解放された安堵と、ほんの少しの寂しさを感じた。

ぱたんと寝室のドアが閉まると、ジェフリーはため息を吐いてベッドに大の字になる。

「あー、もう……」

初めて口に指を突っ込まれたあの日以来、寝る前にこの『指での擬似セックス』をするのがリアムの日課になってしまった。

まずは指でキスをしてから、ベッドにジェフリーを押し倒す。

そして、口の中を指で掻き回して犯す。

それは、性器のないリアムにとっての、精一杯のセックスなのだろう。

手つきは優しいし、語りかけるリアムの声は甘い。

リアムなりに、大事に抱いてくれているのが分かる。

「……困るよ……ほんと……」

そろりと、パジャマの上から下腹部を撫でた。

……勃起《ぼっき》している。

だんだん、口の中が気持ち良く感じはじめ、ついにここが反応するようになってしまった。どうやら今日はまだ気付かれなかったようだが、このままではいずれバレてしまうかも知れない。

まさか、口だけで勃《た》ってしまうなんて。リアムに口内を開発されてしまったようで、なんとも悔しかった。

(ここも触ってって言ったら……どうなるかなぁ……)

おそらく、分かりましたと言ってなんの躊躇いも無く愛撫するだろう。

だが、リアムは何も感じない。

リアムの手を使って自慰をして、一人で気持ち良くなって射精する。それは、やはり虚しくて自分勝手だ。

「……あーあ、やだやだ……」

ゴロンと寝返りを打って、固く目を閉じる。

火照《ほて》る身体を持て余したまま、羊を数えて睡魔の訪れを待った。

しかし、口の中にいつまでも鉄の味が残っているような気がして、中々寝付けない。

胸と口が熱くて、ウトウトしてもリアムの事を思い出して目が覚めてしまうのだ。

どれくらい、そうしていただろうか。

ガチャ、ガチャッ。

玄関の鍵が回る音がして、ジェフリーは浅い眠りから目を覚ました。

カーテンを閉めた寝室は、真っ暗だ。暗くて時計が見えないから、今何時かは分からない。だが、真夜中である事は確かだ。

(リアム……リアムはラボでスリープ状態になってるはず)

じわりと嫌な汗が背中を伝う。

まさか、泥棒だろうか。

リアムが居るから、泥棒が入っても怖くはない。だが、もし相手が銃でも持っていたらリアムが怪我をしてしまうかも知れない。それは駄目だ。

しかし、その後足音も物音も聞こえなかった。

怪訝《けげん》に思い、そうっと寝室のドアを開けてみる。人の気配は無い。

そろりそろりと足音を殺してリビングに移動してみるが、やはり誰もいないようだった。

「……リアム？」

もしかしてと思い、ラボに向かう。

３ＬＤＫのうち一部屋を改造した、自慢のラボだ。

この部屋だけで、リアムの改造は十分に行える設備がある。

そこにはベッド型充電器が置いてあり、リアムは夜になるとそこで横になって充電しながらスリープするのだ。

アンドロイドにも、休息は必要だ。

そっとドアを開ける。

ジェフリーの予想通り……リアムのベッドは空だった。

「夜中の無断外出……？　リアムってば、いつの間にそんな不良になっちゃったのさ……」

さっきの鍵の音は誰かが入って来た音では無く、リアムが出て行った音だったようだ。

ざわざわと、胸の奥から異音がする。

（……なんだろうと、別に構わないじゃあないか）

アンドロイドにだって、プライベートな時間を過ごす権利くらいあるだろう。もちろん、リアムにもだ。ずっとジェフリーと一緒にいないといけないわけではない。

万が一、こうして夜中にこっそり出かけて密会するような友達がいたとしても、ジェフリーにはそれを咎《とが》めることなんてできない。

それにただ散歩に出掛けただけかも知れないじゃないか。

そう、自分を納得させて寝室に戻った。

しかしすっかり目が冴《さ》えてしまい、結局熟睡は出来ないまま時間だけが過ぎてしまったのだった。


「おはようございます。東谷先生」

明け方ようやく寝付いたところだったのに、いつも通り七時きっかりにリアムが起こしに来た。

寝不足で目がじくじく痛んだが、仕方なくベッドから身を起こす。

「おはよ……」

眠気でぼうっとしながら、昨夜の事を思い出す。

空のベッド型充電器が脳裏をよぎると、軽く頭痛がした。

――夜中に、どこへ行ってたんだい？

そう言いかけて、なんとか堪《こら》える。

リアムはじいっとジェフリーを見下ろしていたが、するりとジェフリーの顎を撫でると、半開きになっていた口に指を突っ込もうとしてきた。

「んぶぁっ！　な、何をするのさぁ！　朝っぱらから！」

「東谷先生の顔を見て、した方が良いと判断しました」

「なんでさ……」

「満たされていない、という表情でしたので」

「……ああ、そう」

あの行為で、満たされたりはしない。

むしろ、熱を持て余すだけだ。だが、リアムはジェフリーを喜ばせる事が出来ていると、信じているのだ。

なんとなくバツが悪くて、リアムから顔を逸らす。

代わりに、リアムの股間へと視線を向けた。スラックスを穿《は》いているから、つるりとした秘部は見えない。

（……触感はあるんだよなぁ……）

頭の中に、そこに取り付けるべきものの構造が浮かぶ。触感センサーへの刺激に反応し勃起する男性器だ。

しかし、ジェフリーには性的快感や充足感などはプログラム出来ない。

仕方が、分からない。

戦い方や殺し方のプログラムなら、分かるのに。

「東谷先生。そこに興味がありますか？」

リアムの声に我に返り、ブンブンと頭を振った。黒い巻き毛が、よりくしゃくしゃになる。

（僕《ぼか》ぁ何を考えてるんだ……いやだいやだ、いつまでも流されてるからおかしくなるんだ）

意を決し、キッとリアムを睨《にら》みつける。エプロン姿のリアムは、いつも通りの無感情な目をしてジェフリーを見つめ返してきた。

また傷付けるのではと胸が痛むが、いつまでもこのままは良くない。

「リアム、その、アレなんだけどさぁ」

「アレとは」

「だから、口に指を挿《い》れるアレだよ」

「はい」

「ああいうの、やめないか？　……不自然だよ、僕らはああいう事をするような関係性じゃあないだろう？」

「不自然ではありません。我々はセックスをすべき関係です」

きっぱり言い返されて、ジェフリーは言葉を失う。

真っ白になった頭を抱えて、たっぷり一分は黙り込んでしまった。

「………り、リアム？　……君は、自分を僕のなんだと思ってるの？」

やっと思考能力を取り戻したが、混乱は治らない。いやな予感しかしないが、恐る恐るそう問うてみた。

「本機は東谷先生の特別なアンドロイドです」

「いや、そうだけど」

「本機にとっても、東谷先生は特別な人間です」

「……うん、まあ」

その特別な人間に内緒で夜中に出掛けた癖にとは、言わないでおいた。

「特別な相手と気持ちを交わしてセックスをするのが、東谷先生の希望です。我々はセックスをすべき関係です」

「なんなんだよぉ、その極論は……」

『特別な人』という言葉には恋人だけでは無く、大事な親友や家族も含まれるのだという事が、アンドロイドであるリアムには理解出来ていないのかもしれない。

「はあ、もういい……とにかくね、リアム。君の事は大好きだけど、恋人としての好きとは違うんだ。僕はもう君と、ああいう事はしない。そもそも、口に指を突っ込むのはセックスとはいえないけどね」

「――――分かりました」

意外とあっさり、リアムは頷いた。

もう少しゴネるかもと思っていたので、若干拍子抜けする。

「わ、分かってくれたの？」

「はい。ああいう事は二度としません。それより、本日の朝食はパンケーキです。少し冷めたかもしれませんから、新しく焼きなおしますか？」

「あ、ああ、いいよ。そのままで」

「分かりました」

いつも通りの様子で寝室を出て行くリアムに、少しぼーっとしながらついて行く。

ソファに座ると、すぐにパンケーキの皿を運んで来てくれた。

クリームと、リアム手作りのブルーベリージャムも添えてある。

（……なーんか、釈然としない……）

もそもそと冷めたそれを口に運ぶ。

美味しいはずのパンケーキなのに、何故だか味を感じない。

そんなはずは無いのに、鉄の味がする気がした。

そして宣言通り、その夜からリアムは全くジェフリーに触れなくなったのだった。

第三章　胸の灯び

クリスマスイブを週末に控え、街はすっかり浮かれきっていた。

美しいイルミネーションで着飾った街路樹を見物するためか、大通りはいつも以上の人混みだ。

その中を、ジェフリーは一人肩を落として歩く。

今日も面接があったが、駄目だった。急遽《きゅうきょ》募集があった、クリスマスイベントのコンパニオンの面接だったのだが、数人の応募者の中で一番年嵩《としかさ》だったジェフリーは一人だけ落とされてしまった。

「はぁー……どうしようかなぁ……」

まだ貯金が尽きるまでには余裕があるが、このままでは時間の問題だ。

いっそアンの誘いに乗ろうかと、悪魔のささやきが聞こえる。きっとそれが一番いいのだろう。

だが僅かな意地が、アンに対する反発心が、ジェフリーを頑《かたく》なにさせていた。

コートの合わせを掻き抱きながら、寒さに凍えて歩く。

行き交う人々の中には、ちらほらと青い肌のプロキシマ星人の姿もあった。侵略したとはいえ、お互い高度な民主主義文明同士だ。勝ったからといって中世期のように略奪したり、隷属させたりはしない。基本的に彼等の人権も文化も保護されている。

新生政府発行のパスポートさえあれば、旅行も自由なのだ。

ふと、あるカップルが目に止まる。

青白い肌の女性と、黒人の男性が腕を組んで歩いていた。

幸せそうな二人は、終戦によって訪れた平和を謳歌《おうか》しているように見える。

「……ああ、羨ましいねぇ。全く……」

自分は、まだ戦争の中に取り残されている。

平和な世界には馴染めず、居場所が見つからない。

それが堪《たま》らなく悲しい。

一本の街路樹の下に、ぺたりと座り込んだ。煙草に火を付け煙を吸い込みながら、頭上で瞬くLEDを静かに眺める。

そうして自分の思考を煙に巻いていたら、いつの間にか携帯灰皿がいっぱいになってしまった。

腕時計を見ると、夕飯の時間は過ぎている。

「……リアムぅ……」

夕ご飯を作って待っている、リアムの姿を思い浮かべた。

お腹がきゅうと鳴いたが、何故か食べ物の味では無く鉄の味を思い出してしまう。

優しい声で『満たされましたか？』と問いかける、あの声が無性に恋しい。

だが、自分で拒絶したのだ。

今更、もう一度して欲しいなんて我儘な話だろう。

（……ああ、そっか。僕《ぼか》ぁ寂しいのか……馬鹿だなぁ。うちにリアムがいるのに、寂しくなんか無いじゃないか）

ゆるゆると頭を振って、自嘲気味に笑った。

帰ろう。

帰って、ご飯を食べよう。

そう思うが、身体が動かない。

「――東谷先生」

突然声を掛けられ、驚いて顔を上げる。

「り、リアム」

「はい」

そこには、リアムが立っていた。いくら寒くないからといってもセーター一枚の姿は寒そうで、エプロンも着けっ放しだ。

更に、よく見たら足元は室内履きのスリッパだった。

急いで飛んできた、という格好に見える。

「な、なんで？」

「迎えに来ました」

「えー、待って、なんで僕がいる場所が分かったの」

「呼ばれたので」

「は……？」

「本機の索敵能力は、オリビア内ならどこでも東谷先生を探し出せます」

爆音鳴り響く戦場で敵を探し出す為に、戦闘用アンドロイドには高性能集音器が搭載される。

彼等の耳は、とんでもない地獄耳なのだ。

それを思い出して、納得する。

「僕が名前呼んだから、飛んで来たの？」

「はい」

リアムの手を借りて立ち上がると、パンパンと尻を叩いて土埃《つちぼこり》を落とした。

なんだか、胸がホコホコする。

だらしなく口元が緩んで、うひひ、と情け無い笑い声が出た。

「どうしました、東谷先生」

「……いやぁ、ふふふ。なんだろうね。自分でもよく分からないや」

リアムの手を強く握り、彼の胸に倒れこんでみた。

ゴンと額を鉄の胸に打ち付けてしまい、あまりの痛さに涙目になる。

「い、だあ……」

「大丈夫ですか？　こぶが出来ています」

「あー、いや、大丈夫大丈夫……痛いけど……そうだ、硬いんだったねぇ……」

冷たく硬い胸に、頭を預ける。

鼓動は感じない。代わりに、微かなモーター音が聞こえる。

冬の大気で冷え切った鉄の身体には、血の通った温もりなど全く無い。

だが、何故だろうか。ジェフリーの心は、どんどん温かくなる。

「東谷先生。身体が冷えてしまいます」

「いいんだ……ねぇ、リアム。今だけでいいからさぁ……先生じゃなくて、ジェフリーって呼んで？」

さらりと、リアムの指がジェフリーの髪を耳にかけた。

ギザギザの牙が並ぶ口が、耳元に寄せられる。

「ジェフリー」

甘い声に名前を呼ばれると、なんだか頭がトロンとしてきた。

吐き出した熱い息が、白いもやに変わる。

「もっかい、言って」

「はい、ジェフリー。何度でも」

「あー、ホント。君っていい声だねぇ。なんか、ずるいよ」

ジェフリーが握りしめているのとは反対の手が、ジェフリーの頬を撫でた。つい反射的に、口を開けてしまう。しかし、その指先はするりと額へ滑っていった。

「……大丈夫ですか？　発熱しているようですし、心拍数が異常です」

「わっかんない。風邪《かぜ》かなぁ……」

そういえば、寒さで鼻水が出てきた。

リアムと密着しているからか、身体が芯《しん》から冷えてしまったようだ。

特にリアムの手を握っているせいか、指先は感覚が無くなっている。霜焼けになりそうだ。

「早く帰りましょう。ジェフリー」

それでも、手を離す気にはならない。

二人で並んで、家に向かって歩き出した。

先程まで感じていた寂しさは、ジェフリーの胸から消え去っている。

代わりに違うものが灯《とも》っている事に、まだジェフリー自身は気付いていなかった。


家に帰り着いた時には、ジェフリーの手は氷のように冷たくなっていた。

暖かい室内にホッとするが、身体は芯まで冷えていて、室温だけでは中々体温が戻らない。

鼻を啜りながら震えているジェフリーを毛布にくるむと、すぐにリアムは風呂《ふろ》の用意をしてくれた。

「先に身体を温めてください。その間に料理を温め直しておきます」

そう言ってくれるリアムに、コクコクと頷く。口を利くのも億劫だ。

急いで服を脱ぎ浴室に飛び込むと、熱いシャワーを浴びる。

冷たく凍え血の巡りが悪くなっていた身体が、熱い湯で溶けだしていく。血管が拡《ひろ》がって血行が良くなり、じいんと指先が痺《しび》れた。

「あー……生き返るぅ……」

汚れた部分だけさっと洗って、リアムが湯を張ってくれたバスタブに浸《つ》かる。

凍った身体がふにゃふにゃに溶けそうな錯覚を覚えた。

「……ジェフリー」

浴室のドアの向こうから、リアムが声をかけてくる。

ジェフリーと名前で呼ばれただけで、湯の温度が上がったような気がした。

「入浴剤も使いますか？」

「……あ、う、うん。入浴剤なんてあったかな」

「はい。物置にありました」

ドアを開けて、ボトルに入った入浴剤を持ったリアムが顔を覗かせる。

それは、昔アンが買ってきたものだった。結局封を開けずにそのまま忘れていたらしい。

「……ありがとう。使うよ」

ボトルを受け取ろうとした時に、リアムと指先が触れ合う。リアムの鋼鉄の指はまだ冷たかった。

「ねぇリアム、君も……入る？」

別にリアムを風呂に誘う事など、どうという事もないはずなのに。妙に緊張してしまった。

リアムはしばらく無言で入浴剤のボトルを握りしめていたが、やがてふるふると首を振った。

「本機には入浴の必要はありません」

「でも、ほら。すごく冷たいから……君も、温まった方がいいだろ。防水機能は付いてるから大丈夫だよ」

「室温で自然と温度は上がります。それに内部機器の調子は冷えていた方が良いです。しかし――」

「あー、分かった、分かったよ。じゃあ出てて、すぐ上がるからさぁ」

生真面目な返しに、少し不貞腐《ふてくさ》れる。煩わしげにシッシッと手を振って追い払う仕草をするが、リアムはじっと湯船のジェフリーを見下ろしたままだ。

「――貴方が一緒に入りたいのなら、入ります」

そんな事をさらりと言って、リアムはセーターを脱いだ。

鋼鉄の胸板が露《あらわ》になる。メンテナンスの時などに何度も見ているのに、浴室の湯気の中で見るといつもと様子が違うように感じた。

下も脱ごうとして、何故か一瞬躊躇うような仕草をして、チャックを下ろす。

別に見てもいいはずなのに、ついジェフリーも視線を逸らしてしまった。

ザーッとシャワー浴びる音の後、リアムがザブンとバスタブの中に入って来た。

湯がだばぁと溢れる。そう広いバスタブではないから、どうしても足が当たった。

「ふふふ、狭いね」

「はい。二人用では無いようです」

なんとなく、リアムの足に自分の足を絡めてみる。硬い鋼鉄の脛《すね》が、するするとジェフリーのふくらはぎを撫でた。

擽ったくて、なんだかわくわくする。

「誰かとお風呂に入るなんて久しぶりだなぁ」

リアムは入浴剤のボトルを開けて、中身を湯に溶かす。乳白色の湯は、とろりとしていて良い香りがした。

「アン様とは入らなかったのですか?」

「そりゃ、たまには……って、アンの話はいいだろぉ……もう、何年も前だよ」

ちゃぷんと湯で顔を洗う。

妙な気分だった。

確かにアンと夫婦だった時、たまに休日が合えば二人でお風呂に入る事があった。セックスレスだった期間も、そうしてスキンシップはとっていたのだ。

なぜ同じ事を、リアムとしたくなったのだろう。

「……そっち、行っていい？」

「はい。どうぞ」

リアムの胸板に背中を預けて座り直す。すっとリアムの手が伸びてきて、腹部を支えるように抱きかかえてくれた。

ふぅっと、深いため息が漏《も》れる。

硬いリアムの身体に触れていると、安心した。一人じゃ無いと、そう思える。

ついさっき、あのイルミネーションの下で感じていた孤独感が消えていく。

彼だけは、ずっと寄り添っていてくれるのだ。

「そっか、僕《ぼか》ぁ……君に甘えたいんだ」

自覚すると、なんとも幼稚だ。

四十二の大人の男が、誰かに抱き締められて甘えたいだなんて。

だけど、リアムにならいいのではとも思うのだ。

「本機で良いなら、どうぞ」

「ははは。うん、ありがとう。じゃあ、もっと強く抱いてくれる？」

「――はい。分かりました」

「んふふ。そう、ぎゅっと……あれ」

両腕でぎゅっと抱き締められて、心地よい拘束感に浸っていると、突然なにか硬いものが尻の谷間に当たる。

ゴリッとした感触のそれは、どう考えてもリアムの股間から生えていた。

「…………ん？　……ん⁉」

手を伸ばして、それを鷲掴《わしづか》みにする。

リアムの股座《またぐら》には……硬く勃起したものがあった。

「な、な⁉　な、に⁉　ち、ちん×ん⁉　なんで生えてるのぉ⁉」

「先日、付けてもらいました」

「付け、……誰に⁉」

「アン様にです」

「アンにぃ⁉　な、なんでアンに⁉　あ、まさかこの間夜中に出かけたのって⁉」

「はい。性器が必要なら連絡するよう言われましたし、名刺に記載されていた連絡先を記録していましたので。――先日、指でセックスをした時。勃起されていたので、そろそろ必要かと思い連絡を取ってみました。アン様は喜んで、すぐに付けてくださいました」

激しく困惑して、バスタブから飛び出した。弾みで足を滑らせ、洗い場の床に尻餅《しりもち》をつく。

衝撃吸収性のある、樹脂素材で良かった。タイルだったら、尻が割れていた。

そう考えて、自分が相当混乱している事を自覚する。

「なんで、なんでさ！　君にそれは必要ない！　それに、よりによってアンに……」

付けるなら僕が。

そう言いかけて、口を押さえた。まるで、逆上《のぼ》せてしまったかのように身体が熱くて、頭がクラクラする。

ザバァと水しぶきをあげて、リアムが立ち上がった。

その股座からは、黒々とした鋼鉄の棒が飛び出している。形は男根に似ているが、その材質と大きさは凶悪だ。

「なんで鉄ぅ!?」

「医療用ステンレスです」

「いや、いやいや！　大差ないよぉ！　なんで金属製ッ」

「……本機のボディは鋼鉄製なので。ここだけ人工皮膚をつけて肉感的にすると、バランスが悪いと判断しました」

確かに。

鈍色に光る鋼鉄の筋肉を持つリアムには、同じ金属の男性器《ペニス》が似合うだろう。

しかし、それが勃起している姿はあまりに恐ろしい。

それがなんの為に、誰の為に、そうなっているのかなど、分かりきっているのだ。

「や、やだよぉ。リアム……」

「抱いてと望んだのは、貴方です。ジェフリー」

「そうだけど、違うんだ。君とそんな事は……あ」

洗い場に出てきたリアムは、へたり込むジェフリーのすぐ側に膝をついた。

そして、ジェフリーの手をそっとその場所に導く。

硬くて、温かい。ジェフリーの指が触れると、ひくんと跳ねた。

「っ、リアム……ここ、感覚あるの？」

「はい。事故や病で性器を無くした人が、性器を再建する為の技術で作られたものです。必要に応じて勃起し、快感もあるそうです」

「か、快感……アンドロイドの、君に、快感……」

それは、壊す為の機械を作るメカニックだったジェフリーには到底出来ない技術だった。だが、治して活かす為のメカニックであるアンは、簡単に出来てしまうのだ。

「上等なセクサロイドには、そういう機能があるそうです。使用者と快感を共有できるように」

「君は……セクサロイドじゃない。僕も、使用者なんかじゃないよ……そんな言い方をしないでくれ」

胸が苦しい。

求めていたのは、こういう事ではない。

だが、リアムの手はジェフリーの股座に伸びた。萎《な》えたジェフリーの性器を、そっと握る。

やわやわと揉まれ、久しぶりに他人に触れられる刺激に思わず呻いた。ジェフリーの意思に反して、そこは少しずつ硬くなっていく。

「いや、だ……こういう事は、しないって、約束したのに」

「約束したのは、指でのセックスを二度としないという事です。これは、違います」

「ち、がっ、ああ」

先端から溢れる蜜《みつ》を、指に絡めて擦りあげられる。気持ちが良くて、腰がピクピク震えた。

リアムがじっと顔を見ている事に気付いて、顔から火が出そうになる。顔の前で腕を交差させるようにして、表情を隠した。

「や、だぁ。リアム、もう、止めてくれよっ」

「まだジェフリーが射精していません」

「ふあっ、ああ」

先走りで滑る尿道口を、つぷつぷと指先で弄られる。硬い指が粘膜に触れる恐怖と、敏感なそこを嬲られる快感が、ジェフリーを余計に混乱させた。

「ッ、リアム、うぁッ！」

耐え切れず、びゅくっとリアムの手に精を吐いてしまった。射精自体、随分久しぶりな気がする。身体が溶けてしまいそうな快楽に、震える息を吐いた。

ちゅくちゅくと、粘液が滑る音がする。

次に、リアムの腰が足の間に入ってきた。

「違う、リアム、僕は……あ、あっ！」

硬くて大きい物が、尻の割れ目に押し当てられた。腕の隙間から覗くと、ジェフリーの出したものに塗《まみ》れたリアムの性器が、後孔に当てがわれている。

せめて慣らしてから――そう言えば、彼を受け入れる事を認める事になる気がした。

グッと歯を食いしばり耐えていると、めりめりと肉を割り開き硬く太いものが潜り込んでくる。

「あぐっ！　う、ぐぅっ」

つるりとした金属だからか、思ったよりは簡単に、精液の滑りを借りて先端が埋まった。

「り、あ……あ……」

ぐいぐいと腰を押し付けられて、中を硬いものが占領していく。みちみちと狭い肉を掻き分けて、リアムの金属の一物が最奥の窄《すぼ》まりを押し上げた。内臓を貫かれて、吐き気すら覚える。

痛くて、苦しくて、惨めだ。

じわりと、涙が滲《にじ》む。

「ジェフリー、満たされますか？」

優しい声で囁いて、リアムの指先がそれを拭った。

「どう、して……リアム」

「——まだ、満たされませんか?」

一度抜ける寸前まで腰を引いて、またゆっくりと押し込められる。リアムはそれを、何度も繰り返した。

茫然《ぼうぜん》としたまま、自分に覆い被さり腰を振るリアムを眺める。

鋼鉄の異相には、感情らしいものは見えない。

リアムの手が、ジェフリーの頬を、胸を、脇腹を撫でる。慈しむような手付きにも、ジェフリーの心は動かされなかった。

「い、たい、リアムぅ、くるしい、よ」

「初めては、そういうものだと聞いています。慣れると痛みはなくなるそうですので、しばらく我慢していてください」

「違う、ここ、ここが、痛い」

胸を押さえてそう言うと、リアムはぎゅっとジェフリーの身体を抱き締めてくれた。

他に縋るものがないから、自分を抱擁する硬い腕を強く摑む。

「ッ、あっ」

一定のリズムでジェフリーを突き上げていたリアムが、少し動きを変えた。出し入れの度に、ステンレスの亀頭が陰茎の根元あたりを、内側から擦り上げる。

すると、そこからじんじん痺れるような感覚が生まれた。痛みしか無かったはずの行為に、快感が混ざる。

それが、まるでリアムを使い自慰をしているようで、余計に嫌悪が増した。

「ジェフリー。本機は、気持ちを交わすセックスを、出来ていますか？」

違う。これは、そういうものじゃない。

リアムにレイプされているようにも思えるし、自分の寂しさを埋める為にリアムをセクサロイドにしてしまったようにも思える。

「んあっ、くっ、んっ」

ぐりっと、また良いところを抉《えぐ》られた。思わず嬌声《きょうせい》が漏れて、バスルームに反響する。

このまま続けられたら、また勃起してしまいそうだ。

「ジェフリー、射精します」

しかし、その前にリアムがそう言って、ぐいぐいと最奥に突き込んできた。

「え、や、待っ、しゃせっ、てぇ」

「待てません。開始から十五分で自動的に射精するようにプログラムされています」

「へ!? じゅう、あ、やあっ！」

「3、2、1」

「ちょっ」

パシャッと、腹の中で熱いものが弾《はじ》けた。リアムの性器がびくんびくんと跳ねて、粘液が腸内に流し込まれる。

放心していると、リアムの性器が身体から抜かれた。トロリとした白濁が、リアムのステンレスのペニスから滴《したた》っている。

「んあ、はっ……な、何を…、何を出したの……？」

「通常の精液と同じ成分の人工精液です。各種性ホルモンやタンパク質やコラーゲンで」

「ああ……そう、もういい、もういいよ……」

自分の尻を見下ろすと、穴から白濁が溢れていた。僅かに血が混ざっている。

こんな惨めなセックスで処女喪失したのかと思うと、男のジェフリーでもそれなりにショックだった。

ふらふらする足を叱咤《しった》して立ち上がる。リアムが支えようと手を伸ばしてきたが、押し返した。

「ジェフリー、気に入りませんでしたか？」

「……そうだね。控えめに言っても、最低だよ……せめてカウントダウンは止めて欲しかったなあ……」

「すみません。分かりやすいかと」

リアムから逃げ出したくて、脱衣所に飛び出した。腰が痺れていて、尻も痛い。最低の気分だ。

「ジェフリー、本機は」

「いい、聞きたくない。……最低だ。最悪な気分だよ、僕《ぼか》ぁ……今はリアムの顔を見たくない」

タオルを身体に巻いて、リアムの目から隠す。浴室にリアムを置き去りにして、寝室へと逃げ込んだ。

ベッドに倒れこむと、堪え切れず嗚咽《おえつ》する。

——アンだ。

いかにも、アンだ。無機質なステンレスのペニスも、前戯も無く挿入する雑さも、十五分で終了という味気なさも。

いかにもアンの作ったものだ。

アンに、リアムと自分を陵辱されたような気がした。

それに、自分だけのものだった筈のリアムが、そうで無くなった悲しさも感じる。

あの時の事を、蒸し返されているような気すらした。『ほら。寂しさを埋めるだけなら、貴方はセクサロイドで十分なのよ』。アンがそんな事を言うはずもないのに、そう言われているかのようだ。

「……これなら、指の方が良かった……」

鉄の味が、恋しい。

リアムがジェフリーの為に自分で考えてしてくれていた、あの『擬似セックス』の方が良かった。

自分の指を咥《くわ》えてみる。

しかし、満たされはしない。

消え去った筈の孤独感が、より暴力的になって戻ってきていた。

「ジェフリー、食事を温め直しました」

その声を無視して、目を閉じる。

とにかく今は、眠ってしまいたかった。


朝方、空腹と下腹の疼痛《とうつう》で目が覚めた。泣きながら寝たからか、瞼《まぶた》が腫れぼったい。

更に、服も着ずに裸のまま毛布にくるまって寝ていたせいか、少し風邪っぽかった。

鼻がぐじゅぐじゅしているし、頭と喉が痛む。

クローゼットから適当に服を引っ張り出して着ると、のろのろした足取りでリビングに向かう。

「リ……ああ、ダメだ」

リアム、風邪薬はあったかなぁ。そう言いそうになった。だが、まだリアムもラボで休んでいる時間だ。それに今は、リアムの顔は見たくない。

昨夜浴室でされた事を思い出すと、吐き気がこみ上げてきた。

無理矢理こじ開け掻き回された内臓が、じくじくと痛む。

リビングのテーブルには、サーモンのムニエルやサラダ等の皿に、ラップがかけられて置き去りにされていた。

ジェフリーが食べなかった夕食だろう。

くぅっとお腹が鳴るが、食べる気にはならなかった。

しばらくウロウロと薬箱を探して回るが、片付けはリアムがしてくれているし、いつもは必要なものを言えばリアムが持ってきてくれる。自分で探す必要が無いから、何がどこにあるのか全く分からなかった。

それでもリアムを起こすのは、気が進まない。

仕方なく、コートを羽織り家の外へ出た。

まだ外は薄暗い。あまりの寒さに鼻がムズムズして、くしゅんとくしゃみが出た。

急いで近くにある終日営業のスーパーに向かい、風邪薬とパン、そしてコーヒーを買う。

「はあ、……そうだ。ちょっと前まで、こうだったよねぇ」

パンを齧りながら、朝焼けに染まり始めた街を歩いた。もそもそするパンを、コーヒーで胃に流し込む。

リアムに出会うまでは、食事なんてこうして適当に済ませていた。ファストフードで腹を満たし、栄養はサプリメントを飲んで誤魔化す。

軍の修理工場に泊まり込んで、何日も家に帰らない事もあった。そういう時は、工場内の自動販売機でお菓子を買ったり、デリバリーの軽食なんかを食べていた。

そんな食生活をしていいのは若いうちだけだよと、料理が趣味の同僚に笑われていたものだ。

「……いいよ。いいよねぇ、これでいい。僕には、十分だ」

小腹は満たされたから、風邪薬のパッケージを開けて一粒飲み込む。

ゴミをポケットに押し込んで、足早に家へと向かった。

玄関のドアを開けようとすると、内側から鍵が開く。

見慣れた、エプロン姿のリアムが顔を覗かせた。

「……ジェフリー、お帰りなさい」

出迎えてくれたリアムから、目を逸らした。短く「うん」とだけ返事をして、中に入る。

リアムがコートを預かってくれようとしたが、無視をして自分でクローゼットへ片付けた。

「怒っていますか？」

リアムの声はいつもより少し小さくて、彼が不安を感じているのがありありと伝わってくる。

ふと見れば、リビングのテーブルに並んでいた皿は消えていた。

(捨てられたのか。僕が、食べなかったから)

悲しさと罪悪感が胸を焼く。

たが、これからもっと悲しい事を、話さなければならない。

ジェフリーはソファに座って、立ち尽くしたままのリアムの目を見詰めた。

「大事な話をしよう。リアム」

そう言ってジェフリーは、腰掛けたソファの、自分の隣をポンポンと叩いた。

リアムは頷き、促されるままそこに座る。

「僕らのルームシェアの、ルールをちゃんと決めよう」

「はい」

「まずねぇ……リアム。僕も君も、相手に触れない。メンテナンスとか、介助とか。どうしても必要がある場合以外、触らない。そういうルールにしよう」

「……何故ですか？」

「嫌だから、だよ。君に触られたくないんだ」

わざと、強い言い方をする。

リアムの表情は変わらない。

黙ってジェフリーを見ているだけだ。

彼は、傷付いたのだろうか。

いたたまれなくて、ジェフリーは煙草を咥える。煙を吸って吐き出すと、少し冷静になれる気がした。

「次に、リアム。もう食事の用意はいいよ。必要無い。家事もしなくていいよ。君は、やっぱり再雇用先を探すべきだ。その為に、時間を使って欲しい。君なら家政夫とかさ、働き口はいくらでもあるよ」

早口でそう言い切る。

なんとなく、口の中が鉄臭い気がした。煙草の味でも、掻き消せない。

「本機は、不要になりましたか」

「違う、違うよ。不要になんてなるもんか」

不要という言葉にギョッとする。

リアムを要らなくなったりはしない。ただ距離を置いて、適切な関係になりたいのだ。

何もかもをリアムが世話してくれるこの状況では、関係を変える事は出来ない。

「君は必要な人だよ。だけどね、リアム。僕は君に出会ってから、君に依存し過ぎたと思うんだ。だからお互いに、……勘違いを、したんだよ」

「勘違いですか？」

「そう。勘違い……ねぇ。リアム、僕らはちょっと近過ぎたんだよ。まるで、そう」

この表現が、適切かは分からない。だけど、他に思い付く言葉はなかった。

口にし辛くて、煙草を挟んだ指で口元を隠す。

「……恋人みたいだったんじゃないかなぁ？」

カタンと、リアムの肩が揺れた。

リアムには表情は無いはずだ。なのに、ジェフリーを見つめる目は悲しそうに見えた。

「——本機は、そうありたいと、思っています」

はあっと、意図せず唇から息が漏れた。胸が苦しくて、心臓が破裂しそうに跳ねている。

胸を押さえて、ジェフリーは首を振った。

「それは勘違いだよ。僕も君は大好きだけど、親友で、家族で……それだけなんだ」

「本当に、そうですか？」

勿論、そうだ。そうに決まっている。

ジェフリーが頷くと、リアムはしばし黙り込んだ。ジェフリーと同じように小さく頷く。

「分かりました。なら、リセットしてください」

「リセット？」

「はい」

「しょ、初期化しろって……ことぉ？」

「はい。今の本機はもう、友人やただの家族にはなれません。ジェフリーは特別な存在ですから」

ジェフリーは煙草を灰皿に押し当てて捨てる。そして、煙草の匂いが染み付いた手のひらを見詰めた。

この手には、リアムの記憶を消してしまう事など容易《たやす》い。

記憶を消して、一からやり直しするというのも、一つの選択肢なのだろうか。

「……無理、だよ……リアムぅ……今の君のままで、側に居てくれ」

そんな事が、出来るはずがない。

ジェフリーの事を知らない、まっさらなリアムを想像すると泣きそうになった。

「貴方の為に何も出来ないのに、本機は貴方に必要ですか」

「居てくれるだけで、嬉しいよ」

「いいえ。ジェフリーが嬉しいようには見えません」

そう言うと、リアムはソファから立ち上がった。

「辛そうにしか見えません。本機がそうさせているのですね、ジェフリー。貴方を傷付けるものは何一つ必要ありません。貴方が満たされて幸福である事だけが、本機の望みです」

「望み……」

リアムは着けていたエプロンを外すと、丁寧に畳んでソファの上に置いた。

そして、スタスタと歩き出す。

キッチンに用があるのかとその背中を見ていたら、玄関の方へと向かって行った。

「り、リアム？」

呼びかけには答えず、リアムは出て行った。

慌てて、ジェフリーも玄関を飛び出す。しかし、既にリアムの姿は見えない。

「足、はやっ……リアム！」

まさか家出をしてしまったのかと、血の気が下がった。出て行って欲しかった訳じゃないのに。

近所をぐるりと走り回るが、リアムはどこにも居ない。やがて寒さに凍えて、コートも着ずに飛び出した事に気が付いた。

すごすごと、家に戻る。

もしかして帰って来ているのではと、僅かな期待を持って玄関を開けるが、やはり中は無人だった。

肩を落としてリビングに入る。リアムが置いて行ったエプロンを掻き抱いて、ソファに沈み込んだ。

「リアム、リアムぅ、聞こえてるだろ。帰ってきてくれよぉ」

呼びかけてみるが、帰ってくる気配は無い。

どうして急に、一体どこへ。

捜しに、行かなくては。

そう思うが、身体が動かない。

身体が熱っぽくて重い。どうやら薄着で外をウロウロしたから、風邪が酷くなったようだ。

「……帰ってきてくれ、リアム。大好きなんだ、側に居るだけで良かったんだ……」

熱のせいか、涙が止まらない。

アンが出て行った時より、悲しかった。

今回は、わざとではなかったとはいえ、自分で大事な人を追い出してしまったのだから。

第四章　左手薬指の再会

「アズマヤさん、痩せました？　ちゃんとご飯、食べてます？」

いつもの職業案内所で、すっかり顔見知りになった若い女性職員が心配そうに言った。

「ご飯……食べてるよ。今朝はね、チキンブリトーを買って食べたよ」

「そうですか、顔色が良く無いように見えたので……」

「ちょっと病みあがりでさぁ」

リアムが出て行った日から、今日までずっと寝込んでいた。何度も何度もリアムを呼んだが、彼は帰って来ない。あれだけ献身的だったのに、病気になって苦しんでいても戻って来ないなら……もう戻る気は無いのだろう。

そう、ジェフリーは理解していた。

あの夢のような日々は、終わってしまったのだ。

リアムが居なくなった部屋にいるのが息苦しくて、動けるようになってすぐに職業案内所までやって来た。

とにかく、仕事を探さなければ。

一人であの部屋に引きこもっていたら、頭がおかしくなりそうだ。

「うーん、今はあまり、アズマヤさんにおすすめできそうなのはありませんね……」

「ね、もう、アレでいいよ」

「アレ、ですか？」

「……夜の肉体労働ってやつ」

自分でタブレットを操作して、そういう類《たぐい》の求人を検索する。

数件の風俗店がヒットした。男性が、身体を売る店だ。

やはり、給料は良い。四十代も、ギリギリ需要はあった。

「え、でも」

「おじさんねぇ……こう見えて、経験アリなんだよぉ？」

ウインクをしてみると、彼女は真っ赤になってしまった。

そして、目の前のパソコンをカタカタ言わせはじめる。

「では、ここにしましょう。アブノーマルなお客さんは断っている、優良店です。面接、申し込んでおきますね。面接の日が決まれば、メールでお知らせします」

「うん。ありがとう」

別にアブノーマルでも良かった。

でも、心配してくれる気持ちは嬉しいから、彼女に任せる事にする。

「では、アズマヤさん。良いクリスマスを」

「うん、君もね」

職業案内所を出ると、街はクリスマス一色だ。案内所の玄関前にも、可愛らしいツリーが飾られている。

今日はクリスマスイブだ。

(ああ、本当なら……リアムとツリーを飾って、リアムが作ってくれるご馳走を食べて……そんな素敵なクリスマスになるはずだった)

胸には、ぽかりと穴が空いている。何をどれだけ食べても、この飢えは満せない。

誰かと抱き合い温もりを得たら、満たされるだろうか。金の為にでも、体温のある人間と繋がれば……。

そんな事を期待しながら、コートのポケットに手を突っ込む。すると、入れていたスマートフォンが振動していた。厚着をしているから、気づかなかったようだ。

手に取ってみれば、それはアンからの着信だった。

うんざりした気分になりながらも、無視する訳にもいかない。

「――はい」

『あ、ジェフリー？　メリークリスマス。あのね、今いい？』

「あー、うん。何？」

アンの元気の良い声に、苦笑する。彼女はいつも明るい。

彼女のお節介のせいで、ジェフリーは痛い目を見たというのに。

『あのね、今夜同僚の家でクリスマスパーティーがあるの。貴方をみんなに紹介したいし、来ない？　あ、もちろんリアムも一緒でいいのよ』

「僕を紹介？　なんでさ？」

『だって、うちで働くでしょ？』

はっきり返事なんてしていなかったのに、アンの中では確定事項になっていたようだ。

思わず、笑ってしまう。

「は、はは。やだよ。君と一緒には働けない」

『どうして？　ああ、昔の事を気にしてるなら、今は違うパートナーが居るってちゃんと言えばいいのよ』

「パートナーって、誰のことさ」

『誰って……もちろんリアムよ。彼に、プレゼントをあげたわ。とっても喜んでた。やっと貴方を満たしてあげられるって。彼、素敵な人ね』

スマートフォンを取り落としそうになり、その場にしゃがみこむ。

道の真ん中でそうしたからか、通行人に舌打ちをされた。だが、顔を上げる余力は無い。

「……リアムは、出て行ったよ」

『え!?　どうして、喧嘩したの？』

「違うよ。君のプレゼントのせいさ。あんなもの、要らなかった。彼には、必要なかったんだ！」

思わず語気が荒くなる。しかし、電話の向こうのアンは気にした様子もない。

『いきなりおっきな声ださないでよ。必要だからリアムは私にわざわざ連絡してきたんでしょ？』

「それにしたって、あんな、僕に相談もなしで！　……そもそも、十五分ってなにさぁ！」

『そんなもんじゃないの？　気に入らないなら、自分で改良すればいいじゃない』

呆《あき》れたように言われて、言葉を失う。

まるで、間違っているのはジェフリーの方だとでも言いたげだ。

「おい、邪魔だぞ」

横を通る通行人に、わざと鞄《かばん》をぶつけられる。仕方なくよろよろと立ち上がり、近くの店のショーウィンドウに凭《もた》れかかった。

そこは、宝石の店だった。横目で見ると、きらびやかなネックレスや指輪が並んでいる。

その中に、アンと揃いで着けていたものと、良く似たプラチナのリングを見付けた。

それをトイレに流した時のやるせなさを思い出す。

『ねぇ。貴方言ってたじゃない。セックスは、気持ちを通わせる為のものなんだって。一方的じゃ、駄目だって』

「……そうだね」

『じゃあ貴方は、リアムにおちんち×は要らないとか言ってないで、リアムの気持ちを受け取ってあげる努力をしないといけないんじゃないの？』

「なんでそうなるの……僕らは男同士で、人間とアンドロイドで」

『えー？　貴方、そんな事気にする人だっけ？』

ずきりと、胸が痛んだ。

確かに、こんな細かい事を気にするような性格じゃなかったはずだ。

リアムと友達や家族になりたかった時は、彼がアンドロイドである事なんて気にしていなかったのに。セックスが絡むと、彼が機械である事が受け入れられない。

どうしても、リアムを使って自分勝手に自慰をしているだけに思え、嫌悪感を覚えるのだ。

彼の身体を自分の良いように改良するとなれば、余計にそうだ。リアムをセクサロイドにして、穢《けが》すような事はしたくない。

『……はー、全く。貴方って相変わらずめんどくさくて甘えん坊よね』

「なんだよ、それ」

『あのさ。貴方、私が出てった日さぁ。すぐに指輪捨てたでしょ。覚えてる？』

「え……あ、ああ」

『私さあ。あの程度の喧嘩で、離婚する気とか別になかったのに。お互い頭冷やそうと思って出てったら、追いかけて来ないし指輪捨ててるしでしょ？　がっくりして離婚届にサインしたのよ』

数年越しの事実に、その場にへたり込んだ。

なにそれもっと早く言ってよとか、僕は一体なんて事をとか。頭の中に言葉がぐるぐる回っているが、口からは出て来ない。

『今のリアムも、同じ状況じゃないの？　意外と、貴方が捜しに来るの待ってるかもよ……あ、休憩終わるわ。もう切るわね。仲直りしたら、メールちょうだい』

返事も待たずに、プツリと電話は切れた。

しばらく、スマートフォンを握りしめて放心していたが、アンの言葉を思い出し我に返る。

「僕を、待ってる？」

――リアムが、待っている。

その発想は、全くなかった。

そうだ。事故やトラブルで、帰れなくなった可能性だってあるじゃないか。

むしろ、あのリアムが弱っているジェフリーを放っておく訳がない。何かあったのではと、何故考えつかなかったのか。

(ああ、僕は……アンの言う通り、とんだ甘ったれだ！)

リアムは、どこへ行ったのか。彼には、ジェフリーの家以外に居場所なんて無いはず。

そう考えて、思い出した。

『廃棄してください。……本機の所有者は東谷先生です。貴方が不要と判断したら、廃棄してください』

そうか。

リアムは、あのゴミ処理場に帰ったのだ。

ジェフリーがリアムを拒んだから、リアムは自分が不要になったと判断したのだ。

今頃、ようやくそれに気付くなんて。

居ても立っても居られなくなり、ジェフリーは駆け出した。

「た、タクシー！　停まって、停まって！」

行き交う車の中に、タクシーを見つけて両手を振りながら飛び付く。

頼むから、あの場所に居てくれよ。そう願いながら、ジェフリーは車に乗り込んだ。


久しぶりに訪れたアンドロイドの墓場は、少し様子が変わっていた。

戦闘用アンドロイドを廃棄し終えた後は、スクラップ場になっていたようだ。

バラバラに刻まれた車の残骸や、押し固められキューブ状にされたくず鉄が、視界を埋め尽くすほどうずたかく積み重なっている。

「リアム――」

タクシーから飛び出して、その場に膝をついた。足元のくず鉄で脛を切ったが、そんな事はどうでもいい。

まさか、リアムまで切り刻まれて。

そう考えると、目の前が真っ暗になる。

「おい、おっさん。あぶねーよ？」

このスクラップ場で働いているらしい、作業服を着た青年が駆け寄ってくる。

思わず彼の腕に縋りつくと、ギョッとした顔をされた。

「ここに！　アンドロイドが来なかったかい⁉　戦闘用アンドロイドが、三日くらい前に！」

「ん……？　アンドロイド？　あー、そういえば……」

「知ってるの⁉」

「ああ、確かその辺りで……」

何か心当たりがあるのか、青年はジェフリーを引き起こすと重機に乗っていた同僚らしい老人に声をかけた。

「なー！　あのアンドロイドどうした？　ほら！　その辺ふらふらしてたから、あぶねーぞって声かけたろ！　あれから、見かけたかー⁉」

「……アンドロイドぉ？　……ああ、そうだったぁ、ちょいと用事を頼んで、仕事手伝わせて……気が付いたら居なくなってたなぁ」

赤ら顔の老人はのんびりした様子でそう言いながら、重機のアームに取り付けた巨大なハサミのような粉砕機で、車をズタズタに切り裂いていく。

しかし操縦が雑だからか、アームが近くのくず鉄の山にぶつかりガラガラと崩れ落ちていた。

慌てた様子で、青年が老人に駆け寄っていく。

「爺《じい》さんダメ！　あぶねーから！　……悪りぃな、おっさん。爺さんちょっとドジなんだよ……あの調子だから、ここにいちゃあぶねーよ。早く帰りな」

青年はそう言うが、ジェフリーは首を振る。そのままくず鉄の山に向かって歩き出した。

「あ、待てって！」

青年の制止の声は聞こえたが、ジェフリーは帰るわけには行かなかった。

もしかしたら、このどこかにリアムが居るかも知れないのだ。

「リアム、リアム」

繰り返し名前を呼ぶ。

ずぐりと、靴底に釘《くぎ》が刺さった。普通のスニーカーで歩くのには向かない場所だ。

少し足の裏を切って、痛みに呻く。靴裏から釘を抜いて、遠くへ放った。

釘は鉄屑に当たり、カンッと音を立てる。

「リアム……僕はねぇ、君をとても特別に思っているんだよ」

油臭い風が、ジェフリーの髪とコートの裾を揺らした。この感覚には、覚えがある。足元へと、その下へと、引っ張られるような感覚。

初めてこの場所へ来た日を思い出す。廃棄されたアンドロイド達に、ジェフリーは自分を重ねていた。今迄散々直して来た彼等が、ゴミとして捨てられている姿は、自分の死体を見るようだった。

その中で、リアムを見つけた。

彼はジェフリーの声に反応して、自分を見つけて貰おうと手を出した。

この墓場から抜け出そうと、足掻《あが》いていた。

リアムのその生きたいという意思が、ジェフリーにも希望をくれたのだ。

「僕は馬鹿だからさぁ。いつも間違えてしまうんだ。ねぇ、リアム……僕はずっと君と生きていきたかったのに」

涙で霞《かす》む視界の片隅で、何かがカタッと動いた。さっき釘を捨てた、すぐ近くだ。

もしかしてと思い、近寄ってみる。しかし、それきり何も動かない。あの時のように腕が出てくる事もなかった。

「……もうここには、いないのかなぁ……それとも……」

最悪の想像を仕掛けて、ブンブンと首を振る。その場にしゃがみ込んで、膝に顔を埋めた。

「リアムぅ……君の、ごはんが食べたい……」

涙をこらえながら呟くと、また足元で何かが動く気配を感じた。

『……ふ………りー』

ハッとして、顔を上げる。

くず鉄の上に伏せて、必死に耳をそばだてた。

『ジェ……フリー……』

「り、リアム!? リアム、そこに居るの!?」

『はい』

「はい、じゃないよ！ どうして埋まってるのさぁ!?」

『はい……ここで働いている老人に、廃棄物の中にレアメタルが混ざっていないか探してくれと頼まれ……その作業中、積まれていた廃棄物が突然雪崩《なだれ》を起こしまして、そのまま下敷きに……』

「全部あのお爺さんの仕業じゃないかぁ、もう！ ……ああ、リアム、すぐに助け出すから」

目の前のくず鉄を拾って避《よ》けていく。しかし、一向にリアムの姿は見えない。素手でそうしているからか、あっと言う間に手のひらは傷だらけになってしまった。

「お、おい、おっさん！ 何をやってんだよ!? 手が血だらけだぞ!?」

先程の青年が追いかけてきて、ジェフリーを抱え起こそうとした。だが、それを振り払い、反対に彼の足元に縋り付く。

「頼む！ この下に、僕の大事な人がいるんだよ！ 助けて、頼むよ！」

「た、大切な、人!? ……分かった、待ってろよ！」

青年は駆け出していくと、老人が乗っていた重機を操縦して戻ってきた。

慎重に、ハサミの先端でくず鉄を取り除いていく。

掘り出されていく瓦礫《がれき》の中から、ついに姿を現したリアムは、四肢がボロボロになっていた。

初めて会った日のように半壊している。

だが、確かにジェフリーを見ていた。意識は、はっきりしているのだ。

「ジェフリー、申し訳ありません」

いつもの優しい声で言われて、堪らなくなる。その胸に飛び付いて、彼の鋼鉄の頭を撫でた。

「どうして、リアムが謝るのさ。僕が悪かったんじゃないか」

「いいえ。……こんなに、傷付いてしまった。本機が、貴方を傷つけた」

「もう、違うよぉ……」

「本機は判断を誤りました。本機が近くにいると、ジェフリーを苦しめると判断しましたが……余計に怪我をさせてしまいました」

「ううん……僕が、判断を間違えたんだ。それで君を死なせるところだった……」

リアムの手はボロボロだったが、また左手の薬指は残っていた。そこに、自分の指を絡める。

そして、リアムの尖った牙の並ぶ口に口付けをした。

リアムの薬指が、きゅっとジェフリーの同じ指を捕まえる。

「ええと、おっさんの大切な人って……そのアンドロイドのことだったのか?」

重機から降りてきた青年が、困惑したように頭を掻いて言った。はたから見れば、きっと不思議な光景なのだろう。それでも、他人からどう見えるかなんてどうでもよかった。

「そうさ。彼は僕の……特別なアンドロイドだよ」

絡めた鋼鉄の薬指は、冷たいのにジェフリーの胸に温もりをくれる。それは、リアムの心が温かいからだ。彼が特別である、なによりの証拠だ。

「帰ろ、リアム」

そう言って笑いかけると、リアムは頷いてくれた。

まるで、風で雲が晴れていくように、ジェフリーの胸から迷いは消えている。

この場所で出会い直して、ようやく。

ジェフリーは自分がリアムに感じているのは友愛などではなく、恋なのだと認める事が出来たのだ。


スクラップ場の親切な青年が自宅まで送ってくれ、リアムをラボのベッドまで運んでくれた。

彼が帰った後、ジェフリーは早速リアムの修理を始める事にした。

傷だらけの手は痛むが、少しでも早くリアムを元に戻してあげたい。幸いそこまで深い傷ではないため、防水の絆創膏《ばんそうこう》を貼っておけば作業に問題はなさそうだった。

「必要な部品は3Dプリンターを使って、強化樹脂素材で作るよ。とりあえず、応急処置だからね。ちゃんとしたのを準備したら、きちんと直してあげるから」

「はい」

「特に手足がボロボロだねぇ……」

「はい、なんとか地上に出ようとしたので。ですが出力が足らず、こちらの手足が壊れてしまいました」

「出ようと、してたの？」

「……微かにですが、貴方が苦しんでいる声が、あの場所でも聞こえていましたから。病気なのに、側にいなくて申し訳ありません」

やっぱり、リアムが寝込んでいる自分を放っていられる訳がなかった。

そう気付いて口元が緩んでしまう。咥えていた煙草が落ちそうになって、慌てて灰皿に捨てた。

「それは、自業自得《じごうじとく》だ。僕のせいだから、謝らないでよ」

まず、腕や足をある程度動かせるように修理する。

歩けるようにならなければ、不便だろう。

胴体部分や頭は頑丈だからか、少し凹《へこ》んだりはしているがほぼ元の形を残していた。このあたりの修理は、ちゃんとした鉄製の部品を手に入れてからの方がいい。

損傷が大きい四肢は、強化樹脂素材で作った指を付け、割れていたり変形した部分を補修する。

あらかた直し終わると、なんだかつぎはぎだらけのパッチワークのような手足になってしまった。

だが、これで機能的には問題ないはずだ。

「だいたい終わったよ」

「ありがとうございます、ジェフリー」

「まだ動かしにくいところとか、おかしなところとかはない？」

「いいえ。大丈夫です。自己診断を行いましたが、耐久性と機動性が下がっている程度で活動に支障はありません」

「ああ、よかった。頭とか、内部メモリとか、大事なとこが無事だったのは幸運だったね。……あ、大事なとこといえば、ここは？」

修理のために裸にしたリアムの、股間の部分に目をやる。そこには、スライド式の開閉口があった。

試しにそこを撫でてみると、するりと開いて収納されたステンレスのペニスが覗く。ここも、特に傷は見当たらない。へしゃげていたらどうしようかと思った。

「ジェフリー。そこに故障はありません」

「はは、そっか。じゃあ、すぐに使えちゃうのかなぁ？」

前に浴室で見た時は恐ろしかったそれが、今は愛《いと》おしかった。

「本当はねぇ。君のステンレスのコレも、そんなに嫌いじゃあないんだ」

撫でていると、やがて完全に勃起した。そこに顔を寄せてみる。

ちゅっと先端にキスをすると、リアムはピクリと肩を揺らした。

「ジェフリー。何をするのですか？」

「何をって、フェラチオだよ……ん？　そうかぁ、君は知らないのか」

挿入するセックスについては知っていたようだが、まさかポルノを見たりはしていないだろうし、戦闘用アンドロイドだったリアムは知らなくて当然だろう。

「ええと、ねぇ……特別な人の性器ってのはね。こうやって、可愛がってあげたくなるんだよ」

「それは、親友や家族でもですか」

「違うよ……」

親友や家族のここなんて、舐《な》められるはずが無い。

男の性器を舐めたいなんて思ったのは、リアムが初めてだ。

つるつるした金属は、舐めると意外と舌に心地よい。上手なやり方など分からないから、とにかくぺろぺろと舐めあげる。そうする事のいやらしさに、ジェフリー自身の興奮も高まってきた。

「ん、う、恋人とか、伴侶とか、そういう人だけだよぉ」

リアムのボロボロの手が、ジェフリーの頭に乗る。さらりと髪を撫でて、頬へと滑っていった。

その手に、自分の手を重ねる。

「ジェフリー、本機は貴方の恋人になったのですか？」

「まさか、嫌だったりする？」

「いいえ。貴方がそれを望むなら、喜んで」

胸がいっぱいになり、リアムと繋がりたくて堪らなくなった。

普通の恋人同士がする事は、全てリアムとしたい。

ベッド型充電器に仰向《あおむ》けになったままの、リアムの腹の上に跨《またが》る。そして、ベッドの側に置いていた工具箱から、機械用の潤滑油を取り出した。植物由来のものだから、人体にも害は無いはずだ。

それを手のひらに垂らし、リアムの指に塗りつける。

「ねぇ、この指挿れて……お尻に」

「指でセックスをするのですか？」

「違うよ、慣らすんだよぉ。あのね、ここは本来挿れる場所じゃないんだから、慣らさなきゃ痛いの」

「そうなのですか、なら前回は」

「この前の話はいいから。あれは忘れようよ……」

手を握って、下腹部へと促す。それに応《こた》えて、リアムの硬い指が後孔に潜り込んできた。

違和感を覚えるが、潤滑油のおかげか痛みは少ない。

「そ、う……油、塗り込んで……あ、あっ」

ぬぷぬぷと出し入れされると、排泄感《はいせつかん》を感じて鳥肌が立った。もっと太いものが入った事があるのに、キツくて苦しい。

だが中を探るリアムの指がある一点に触れると、その不快感は吹き飛んだ。

「やあ、あっ、リアムぅ、そこっ、やだっ」

「ここは、嫌ですか？」

「い、……ん、ちが、いいっ、気持ちいいんだ、そこっ」

「分かりました」

「あ！　や、ちょっ！　やだぁ、そこ、ばっかりはっ」

「嫌ですか？」

「う、ああ、や、ちが、続けてぇ……うう、リアムぅ、わざとぉ？　わざとやってる？」

いい場所を責められ、つい腰が浮く。しかし、逃げたい訳ではない。未知の快感に戸惑っているだけだ。

だがリアムには、本当に嫌がっているのか羞恥から嫌だと口走っているだけなのか、判断がつかないのだろう。

いちいち一回指を止めて確認してくるリアムに、恥ずかしさともどかしさを覚える。

「……本機には、ジェフリーを喜ばせるセックスが、インプットされていません」

感じる場所をくちゅくちゅと指で穿《うが》ちながら、リアムはジェフリーの耳元で囁く。

「だから、素直に教えてください。貴方が感じる場所は、全て」

ゾクゾクして身体から力が抜ける。リアムの身体に折り重なって、ぎゅうっと抱きついた。

「ほんと、ずるいよぉ。そんないい声でそんな事言われちゃ、好きにならない訳ないじゃない」

「ジェフリーは本機の声が好きなのですね」

「んー……声も、かなぁ。手も好きだよ。他も全部大好きだよ」

「それは、友達や家族の好きとは違いますか？」

「もしかして……リアム、根に持ってる？」

「本機にそういった機能はありません」

「ホントかなぁ」

後ろに手を回し、リアムの手を握る。指を抜くよう促して、代わりにリアムの硬い一物《いちもつ》に尻を押し付けた。

「じゃあ、ちゃんと恋人の好きだって事。納得させてあげなきゃね……」

自らリアムの性器を油で濡《ぬ》れた後孔に招き入れる。慣れないそこは、ぐっと口を噤《つぐ》んでリアムを拒もうとするが、深く息を吐きながらなんとか力を抜いて先端を飲み込んだ。

「ん、あっ！」

後は、少し無理矢理体重をかけて腰を落とし、奥まで飲み込んでしまう。

痛みと圧迫感に思わず呻くと、リアムのつぎはぎだらけの手が優しく背中を撫でてくれた。

「ジェフリー、全て入りました」

「ん、うっ、じっとしてて……僕が、あ、ああ」

ゆっくり腰を上げては、落としてを繰り返す。内臓を突き上げられる苦しさに涙が滲んだ。

だが、出来るだけいやらしく、腰を揺らして見せる。リアムに楽しんでもらいたいからだ。

「あ、んん、リアムぅ、いい？　きもち、いい？」

「はい。快感は得ています」

「ん、じゃ、あ、反応して、よぉっ、良く、ないの？　リアムぅ」

「反応……」

アンドロイドであるリアムには、難しいのだろう。

きっと、つい数時間前までのジェフリーなら、虚しさを感じたはずだ。だが、今はただただ愛おしさが募る。

「反応、の、返し方、あ、僕と、勉強しよ？　リアム……いい、時は、いいって、ぇ、あっ、言って」

「はい。いい、です。ジェフリー」

「んあ、ハハッ、もっとぉ、いっぱい言って」

「ジェフリーの中が、気持ちいいです」

「はあっ、ああ、嬉しい、リアムっ、んっ」

だんだん腰を振るのにも慣れてきて、自分のいい場所に当たるように動く余裕も出てきた。

睾丸の裏側辺りに、切っ先が擦れるようにすると、身体がじんじん痺れるほど気持ちが良い。

「ジェフリー、満たされますか？」

いつもの問い掛けに、必死に頷く。つま先がピクピクして、頭がぼんやりしてきた。手が傷だらけなのも忘れて、自分の手で手淫《しゅいん》する。もう少しで、イキそうだ。

「んあ、み、たされ、てるぅ、りあむ、満たされ、てるよぉ、僕《ぼか》ぁ、あ、幸せ、だ、はあっ」

「良かった……本機も、満たされています……ジェフリー、貴方が、嬉しそうだから」

快楽と幸福感で、勝手に口元が緩む。微笑《ほほえ》みの形になった唇の端から、唾液が伝ってリアムの胸に滴った。

それを恥ずかしく思う余裕もない。

「ジェフリー。十五分経ちます」

「えっ!? や、ああ！」

ぐっと腰を摑まれ、最奥を突かれた。衝撃に仰《の》け反《ぞ》ったジェフリーの身体の奥に、熱い液体が注がれる。

「う、そぉっ、あの、設定っ、外し忘れたぁっ」

今にもリアムとのセックスでイケそうだったのに。そう思うと、悔しくて残念で、自分の性器を握りしめたまま俯《うつむ》く。

こんな状況で生殺しかと思った次の瞬間。リアムは修理したばかりの真新しい強化樹脂の手で、ジェフリーの腰をぐっと持ち上げた。そして、ズドン、と。ジェフリー自身の体重を借りて、一気に落とす。

「かはっ！　あっ」

硬いステンレスの杭《くい》に内臓深くを貫かれ、思わず息が詰まる。

下からズンズンと突かれ、ジェフリーの上半身はがくがくと揺れた。

「あ！　あ、んあ！　ひ、？　な、んでぇ！　終わっ、あっ！」

「一回射精したら終わり、という設定にはなっていません」

「ひ、うそっ!?　ひ、あ！　まっ、んんっ、イ、くぅ、りあ、ああーっ！」

いい場所を探し当てられ、そこばかりをずくずくと突かれた。浅い場所を出入りするリアムの一物を食い締めて、ジェフリーの身体が痙攣《けいれん》する。

握っていた性器から白濁が飛び散り、リアムの身体を汚した。

「ひ、あ……ああ……」

喉を反らして絶頂の波に翻弄されていたが、それが過ぎ去るとジェフリーはリアムの上にぱたりと倒れ込んだ。

あまりの快感に、目の前が霞んでいる。リアムの手がジェフリーの顔を持ち上げ、まっすぐこちらを見詰めるリアムと目が合った。

リアムの目元から、微かにカシャッカシャッという音がする。まさか、イッた後の顔を写真に撮られているのか。顔を背けようとしたが、そっと頬に手を添えられ、リアムの方を向かされる。

深い絶頂のせいか、体から力が抜けていて抵抗もできない。

「や、だぁ……こんな……撮るの、やめて」

「いいえ。これはジェフリーを喜ばせるセックスをするための必要な資料です」

「え……まさか、最中も……？」

「はい。セックスだけではなく、ジェフリーが喜んでいる時の表情や笑顔は、全て記録しています。貴方を満たすために必要なものを、知るために」

それは盗撮では、とは思う。だが、それを言うのは無粋だろう。

戦闘用アンドロイドであるリアムには、人間を喜ばせる方法などインプットされていない。だが、リアムはこうして自分で学ぼうとしてくれているのだ。

リアムのそのひたむきさが、ジェフリーにはとても好ましく思えた。

「ねぇ。リアム……キスしてよ」

舌を出して誘うと、リアムはギザギザの口に指先で触れた。そして、その指をジェフリーの舌に押し当ててくる。

それを咥えて舐めた。鉄の味に、じわっと唾液が分泌される。

「ん、ング、ふぅ」

「ジェフリー……これが、気持ちを交わすセックスですね」

「ふふ……そう、だよ。リアム……」

ジェフリーは、心から満たされていた。

問題はリアムのステンレスの男性器でも、十五分という時間制限でもなかったのだ。

ジェフリー自身が、リアムの気持ちを拒んでいたから、前回はあんなにも虚しい行為になってしまった。

彼はずっと、ジェフリーにまっすぐな気持ちを向けてくれていたのに。

全てジェフリー自身の問題だったと気付いて、それを受け入れてしまえば、今のままのリアムとも充分満たされるセックスが出来るのだ。

（アンの言う通りだ。悔しいけど……）

しみじみしながら、リアムの頬にキスをする。

すると、リアムは繋がったままのジェフリーの身体を抱え、上体を起こした。

そのまま、ベッド型充電器から降りようとする。

「えーっと、リアム。降ろしてくれないの？」

「今度は、ジェフリーのベッドに行きます。次は本機が上になる番です」

「い、いやぁ。もうおしまいでいいんじゃないかな？」

「何故ですか？　ジェフリーもまだ勃起しています」

「いやいや、勃起しなくなるまでするもんじゃ、な、あぐっ」

所謂《いわゆる》、駅弁の格好にされて、必死にリアムの首に腕を回してしがみつく。リアムが歩く度に中が擦れて、敏感になった中がじんじんと疼《うず》いた。

「ひ、んっ！」

「終わったら、食事の用意をします。冷凍庫にチキンがありましたね」

「まっ、やあ、それ、食べたいっ、ああ！　ごはんがいい、リアムぅっ！」

朝からブリトーしか食べていないジェフリーは腹ペコだったというのに。

『気持ちを交わすセックス』を覚えたリアムは野獣のようで、結局ジェフリーが食事にありつけたのは、クリスマスの朝になってからだった。

第五章　ある機械兵士の恋

この場所は相変わらず、油臭い風が空に向かって吹いている。ジェフリーの黒い巻き毛もふわふわと揺れた。

すっかり春めいて暖かくなって来たが、冷えないようにコートは羽織っている。その裾も、ぱたぱたと風ではためいた。

だが、もう引っ張られる感覚は無い。

このスクラップ処理場には、今も毎日大量の鉄屑が捨てられている。それを重機で片付けていた青年が、ジェフリーに気付いて手を振ってくれた。

「あ、アズマヤのおっさん！　久しぶりだなぁ！」

「ん、そうだねぇ。半年ぶりくらい？」

「おっさんの話は、毎日毎日聞いてんだけどな。ちょっと待ってて――おーい、リアム！　彼氏が迎えに来てるぞ！」

青年が大声で呼ぶと鉄屑の山の向こうから、見慣れた鋼鉄の異相がひょこっと顔を出す。

青年と揃いの作業着を着たリアムだ。

リアムは足元の鉄屑を踏み付けガシャガシャ言わせながら、ジェフリーに駆け寄ってくる

「ジェフリー。貴方がここに来るのは、珍しいですね」

「んふふ、リアムに早く会いたくて」

リアムは今、このスクラップ処理場で働いている。例のドジなお爺さんが辞めたので、代わりに雇って貰ったのだ。

工業用アンドロイドとして認可を受け、本来のスペックに戻してしまえば、リアムはこういった力仕事や危険な作業は得意分野だ。

「ふふ、実はねリアム……免許取れたんだよ！　義肢装具士の！　さっき合格通知が来てね、嬉しくてタクシー飛ばして来たんだ！」

「そうですか」

「あれ。なんかリアクション薄いよぉ？」

「ジェフリーなら当然でしょう」

「褒めてくれないのぉ？　一年ちょいで取れたんだよ？　国家資格だよ？」

ジェフリーが唇を尖らせてそう言うと、リアムは手に着けていた作業用のゴム手袋を外した。

そして、鉄の指先でジェフリーの頭を撫でる。

「よく頑張りました。貴方の恋人として、誇らしいです」

ついでに耳朶《じだ》を軽く愛撫され、その感触についうっとりしてしまう。

この機械の恋人と出会い、一年と数ヶ月。

毎日一緒に居るというのに、飽きるどころか毎日どんどん好きになる。

今でも、こうして軽く触れられるだけで、幸せな気分になった。

「ふふ。これで僕も見習い卒業だ」

「アン様も喜ぶでしょうね」

「そうだねぇ。彼女の仕事、少しは楽にしてあげられるし」

結局ジェフリーは、アンの勤める義肢工房に勤めていた。

アンに意地を張る必要なんて、全く無いと気付いたからだ。

ジェフリーが抱いていた彼女への後ろめたさや反発心など、アン本人には全く興味が無い。それに気付いて、ジェフリー自身もどうでも良くなったのだ。

一緒に働きたいと言ったらアンは手放しで喜んで、リアムまで同僚に紹介してくれた。今も、良き先輩として、色々な事を教えてくれる。

妻だった時よりも、今の方が良い関係を築けているかも知れない。

「そろそろ、上がる時間だろリアム。目の前でおっさんといちゃつかれたら目に毒だから、今日はもう帰れよ」

「いいえ。就業時間は後一時間二十一分あります」

「バーカ、早退したらいいだろ。後はオレがやっとくから。今日はさ、特別な日だろ?」

「……そうですね。では、そういたします。帰ってお祝いをしましょう、ジェフリー」

頷いて、リアムはジェフリーの腰に手を回した。

されるがまま、リアムに身体を預ける。鋼鉄の硬い腕や身体。この身体に抱き締められる安定感と安心感が、たまらなく心地よい。

「はー、ほんっと。バカップルだよなあんたら……。おっさんなんて、前見た時よりぷくぷくしちゃって。それ、幸せ太り？」

「そう！　そうなんだよぉ！」

気付いて貰えたのが嬉しくて、ジェフリーはコートをはだけさせ中のシャツを捲《まく》る。

逞しいとは決して言えないが、それなりに肉のついた腹部と脇腹を露《あらわ》にした。

「リアムと暮らし始めるまではね、ここあばら浮いてたんだよ！　今はちゃんとご飯食べて、リアムに言われて運動もしてるからかなぁ。まだ割れてないけど筋肉もちょっとだけ……リアム？」

無言で服を整えられて、ジェフリーは首を傾げる。青年はあちゃーという顔をして、ジェフリー達二人を見比べていた。

コートの前ボタンまできっちり留められ、困惑する。

「リアムー？　窮屈だよぉ」

「……ジェフリー。大事なところを気安く他人に見せてはいけないと言ったのは、貴方です」

そう言って、リアムはジェフリーをひょいと姫抱きにする。

流石《さすが》に気恥ずかしくて手足をばたつかせるが、リアムにはなんの抵抗にもならない。

「いやいや、男同士でさぁ。お腹くらい別に……」

弁解する暇も無く、リアムはスタスタと歩き出す。

ニヤニヤ笑いで手を振る青年に見送られ、スクラップ処理場を後にした。

少し離れた場所のパーキングに、リアムの車が停めてある。ジェフリーは車の免許を持っていないが、リアムは仕事に必要だからと大型重機からAT車まで、あらゆる車の操縦をインプットし免許を取得していた。

車のドアを開けると、リアムは後部座席にジェフリーを放り込む。

そして、のしっと上に覆いかぶさってきた。

「り、リアム。ここではマズくないかなぁ」

「何がですか？」

「いやー、その……君も、車汚れるの嫌いだろ？　人が来るかもしれないしねぇ」

この車はスクラップ処理場に捨てられていたボロの軽自動車を、二人で修理し塗装し直したものだ。自分で直したから愛着があるのか、リアムはこの車をとても大事にしている。休日の度に必ず洗車をしているくらいだ。

「ジェフリー。本機は、今セックスをするつもりはありません」

「へ、違うの？」

「違います」

そう言いながら、リアムはごそごそとジェフリーの服を捲り上げる。

露《あらわ》になった薄い身体を、鉄の手のひらが這《は》う。

「貴方の腹部は『大事なところ』だという事を、説明するだけです」

「……リアム、ヤキモチ妬《や》いたのぉ？　あれくらいで？」

「本機には、そういった機能はありません」

「嘘《うそ》だぁ。だって、いっつも」

「本機に嫉妬という機能はありません。しかし、恋人としてジェフリーを保護する義務はあります。ジェフリーがあまりにだらしなくて無防備なので、多少厳しい態度を取らざるを得ないこともあります」

本人はヤキモチなんか妬かないと言うが、少し他の男と仲良くしただけで、その夜は恐ろしい目に遭わされる。

職を探していた頃に、風俗の面接を申し込んだことがバレた日には、初めてセックスで気絶させられた。

それでも、学習せず迂闊《うかつ》な事をしてしまうジェフリーにも問題はあるのだろうが、リアムが特に嫉妬深くて独占欲が強過ぎるのだ。

「それを！　ヤキモチって言うの！　あ、ああっ」

薄茶色の乳首を摘《つま》まれて、びくんと身体が跳ねてしまう。

そこは、とうにリアムの手で性感帯に変えられていた。

ちゃんと二人で気持ちよくなれるよう、ジェフリーは自分の感じる場所をリアムに教えたし、リアムも色々と調べて勉強したようだ。

その結果、ジェフリーはすっかりリアムの手管の虜《とりこ》にされてしまった。今は、もうリアム無しで生きられる自信が無い。

「い、あっ、リアムぅ」

「ここは、大事なところです。特に敏感な部分ですから」

「ひ、んんっ」

「腹部も大事です。中には内臓があります。このあたりに腸……S状結腸と直腸は本機とセックスする為の性器ですね」

うっすらと筋肉がつき始めたがまだ細い腹部を、リアムの指がくるくるとなぞる。

「臍《へそ》も大事です。……最近はここも良いのでしょう?」

「あ、あっ！　お、おへそに、指入れないでっ、うっ」

硬い指が浅い臍をクリクリと弄る。尿意に似た感覚が、その場所から下腹部に広がった。

じんじんと膀胱《ぼうこう》が疼くような感覚に、ジェフリーは腰を揺らす。

「やあ、もう、リアムっ」

「どうですか。ジェフリー。お腹は見せてもいい場所ですか?　全て性感帯なのに?」

「だ、だめ、分かったあっ、気をつける、からぁっ」

その返事に満足したのか、リアムは頷いてジェフリーの服を戻そうとする。

だが、ジェフリーの体にはすっかり火が付いてしまっていた。下腹部はズボンの布地を押上げて、リアムの愛撫を待っている。このままでは生殺しだ。

「もう、リアムのせいで、こんなになっちゃったんだから……ちょっとだけ、してよ」

せめてイかせてほしくて、リアムの硬い腰に足を絡めてそこを押し当てて誘う。普段ならジェフリーが望めばすぐに応えてくれるリアムだが、今回は首を横に振るだけたった。

「駄目です。車を汚してしまいます。それに、人が来たら困るのでしょう」

「……リアム……最近いじわるになったよねぇ」

さっき自分が言った事をそのまま返され、不貞腐れてリアムを睨む。しかし、リアムはケロリとした様子で運転席に乗り込んだ。

ジェフリーはため息を吐いて、熱を持て余した身体をコートで隠す。

「スーパーに寄って、買い物をしましょう。何が食べたいですか。お祝いですから、なんでも作ります」

「……カスタードたっぷりのパイ。リアムの作ったカスタードが食べたい」

「分かりました。デザートはバナナカスタードパイにしましょう」

甘さ控え目でとろとろのカスタードをたっぷり詰めたパイに、めいっぱいバナナを載せて焼いたバナナカスタードパイ。その味を思い浮かべて、ジェフリーは口元が緩む。

「早く帰ろう、リアム。僕《ぼか》ぁ待ちきれないよ」

リアムが運転席から振り返り、自分の鉄の牙が並ぶ口を触る。そして、その指をジェフリーに向かい差し出して来た。

チュッと口付けてから、口内に招く。

愛しいアンドロイドの指の味が、食欲と性欲を掻き立てた。

「そんなに物欲しそうにしなくても大丈夫です。本機が、ジェフリーの全てを満たします」

指を咥えたまま、うっとりする。

こんなにも良い男にこんな事を言われて、ときめかないはずが無い。

このリアムに愛されるのは、ジェフリーだけの特権なのだ。

その幸福を、ジェフリーはしみじみと噛み締めた。

＊＊＊

「はーい。僕《ぼか》ぁね、東谷先生だよ。今日はどこが悪いのかなー？」

そう言って、その若い人間は笑顔を見せた。

まだ、二十代前半の男性だ。日系人。痩せぎすで、背もあまり高くない。黒い巻き毛にヘーゼル色の目。

その人間は、他とは違った。

他のメカニック達は、我々戦闘用アンドロイドと不必要な会話はしない。

だが、彼はまるで人間の医者が患者にするような問診をしてから、修理を行った。

「どこか、動かすと違和感があったりするかい？」

「はい。右膝に違和感があります」

「どれどれ……あー、油が切れて、ここの部品が摩擦で劣化してるんだねぇ。ついでに直しといてあげるね。他には？」

「あとは大破した左腕だけです」

「分かった。じゃあ、僕がちゃんと直してあげるから、君は少し寝てなさい。電源、落とすね」

主電源を落とされ、意識が途切れる。

次に電源を入れられた時には、戦場に戻っていた。

東谷先生に直してもらった左腕で、プロキシマb製戦闘用アンドロイドを撃破する。

敵兵器工場を爆破する。

プロキシマb先住民の街を破壊する。

自分と同型の機体が敵の砲弾を受けて粉微塵になるのを見ながら、東谷先生を思い出す。

粉微塵にはなりたく無い。

半壊くらい。

機能停止はしない程度。

そうでなければ、先生に治して貰えない。

そう思いながら戦っていたら、敵戦車に下半身を吹き飛ばされた。

「やあ。僕《ぼか》ぁ、ジェフリー・東谷先生だよ。かなり派手にやられたねぇ」

運び込まれた修理工場で、また東谷先生に会った。

あの時より、少し大人びた。

まだ若々しかった青年が、すっかり大人の男になっている。

その変化で、初めて会った日から数年たった事を理解した。

人間の時間の経ち方は、アンドロイドとは違うのだ。

「大丈夫だよぉ。人間だったら下半身吹っ飛ばされたら大変だけどね、君はむしろ新型に換装するいいチャンスだ」

「はい。東谷先生」

「他に、おかしいところはあるかい」

「胸部に違和感があります」

「んー？　どっか悪いのかな？　じゃあ、そこも診《み》てあげるねぇ」

そんな事を言いながら、東谷先生は新しい脚を作ってくれた。

「見て、君の新しい脚！　とっても、かっこいいよぉ！　じゃあ取り付けてあげるからね、電源落とすよ」

電源が落ちるまで寸前まで、東谷先生の優しい表情を眺める。

そして、目が覚めたら、戦闘機に乗せられていた。


他の同型機達は、壊れるのも恐れず戦い続ける。

爆弾を抱えて敵陣の真ん中で自爆する。

ズタボロになり鉄の臓物を晒《さら》しても、前に進んで敵の戦闘用アンドロイドを一体でも多く破壊する。

だが、彼等と同じようには出来なくなっていた。

少し壊れるくらいがいい。
また、あの人に会いたい。
全壊したくはない。
戦場を駆けながら、ずっと東谷先生の事を考えていた。
その後も敵の攻撃で破壊され、東谷先生に修理されて。
それを、三度繰り返した。
会う度に、先生は雰囲気が変わる。
その変化の過程を知ることは出来ない。戦っている間に過ぎた時間は、戻らない。
その時間の事を考えると、よく思考回路がフリーズした。

そして、六回目。
地雷で片脚が吹き飛び、また東谷先生の元へ運ばれた。
先生は、今までと全く違う表情を浮かべていた。
目は落ちくぼみ、頬はこけ、唇は青い。
彼には、全く生気がなかった。
「……足か。うん。すぐに新しくするよ」
無表情のまま、先生はそれだけ言って、無言で新しい足の用意を始める。

思考回路が乱れ、今まで保存していた先生の笑顔がフラッシュバックする。

異常だ。先生は、今異常な状態だ。

それだけは、戦闘用アンドロイドでも理解ができる。

「何か、あったのですか？」

つい、そう問いかけていた。

東谷先生はギョッとしたように顔を上げ……丸く見開いた目からポタポタと涙を零《こぼ》し始めた。

「……そういう事、聞くんだ……アンドロイドも……」

「先生があまりに、窶《やつ》れているので。大丈夫ですか？」

「はは、そっか。うん……アンドロイドにまで心配されちゃうなんてねぇ」

ぼろぼろ泣きながら、先生は無理矢理笑みの形に唇を歪《ゆが》めた。

その表情も綺麗だが、いつもの笑顔の方が彼らしい。

「母が、亡くなってね……母は、ずっと体調が悪くて。うちは母子家庭で、他に身寄りもないんだ。……だから、僕しか頼れる相手はいなかったのに、でもね、仕事があるから、帰れなくって……来月、休暇を取って会いに行くつもりだったんだよ？それがさ……間に合わなくてさ……」

話しながら、先生は次第にしゃくりあげて泣きはじめる。

大事な人を亡くす悲しみは、アンドロイドには分からない。

だが、東谷先生が悲しそうなのは、耐えられなかった。

「最後まで、母さんに、寂しい思いを……僕《ぼか》ぁ、帰るべきだった、仕事なんか、放って、……ああ……もう一度、母さんの、ご飯が食べたい……」

そっと左手を伸ばして、先生の涙を拭う。

先生に治して貰った手だ。

先生は睫毛《まつげ》を伏せて、されるがままにしてくれた。

「君の手は……温かい、優しい手だね……」

「本機には、温もりを感じるような体温はありません」

「違う、君の心が温かかったんだ」

「戦闘用アンドロイドに心はありません」

「分かっているよ。でもね、おかしいかもしれないけど、そう感じたんだ……さあ、君を修理しよう。それが僕の仕事だ。電源、落とすよ」

照れ臭そうに言って、先生の手が延髄の主電源に伸びる。

意識が途切れる直前に、ほんの一瞬だけ東谷先生の指先の体温を感じた。

七度目に会った時は、先生は少し良くなっていた。

「やあ、僕《ぼか》ぁジェフリー・東谷。君を治す、お医者先生だ」

いつもの明るい声に、そんな筈は無いのに身体が軽くなった気がした。

だが、よくよく見れば、目が違う。

満たされてない。

空腹で、寂しくて、この人の中身はスカスカになっている。

それが、何故だかはっきりと分かった。

「さあ、修理しよう。すぐに終わるからねぇ」

咥え煙草のまま、東谷先生はそれだけ言った。

その日は、それだけしか声を聞けなかった。


それから、戦いは少しずつ規模が小さくなっていった。

プロキシマbの残存兵力は僅かだ。

多くの兵器や戦闘用アンドロイドは、待機の名目で倉庫に放り込まれ放置された。故障も、修理されないままでだ。

ずらりと整列して、前に立つアンドロイドの頭を眺めるだけの日々。

だが、退屈はしない。

内部メモリに保存していた東谷先生の笑顔を、ずっと繰り返し見ていた。

「全機、トラックに乗れ！　廃棄だ！」

ある日、随分久しぶりに人間の軍人が現れそう叫んだ。

我々アンドロイドに、拒否権はない。全員、黙ってトラックに乗り込んだ。

「おい、捨てる前にバッテリー抜いとけよ！　規則だからな！」

人間の軍人はそう叫んでいたが、トラックの運転手は生返事だった。おそらく、下請けの廃棄業者だろう。やる気が無いのが丸わかりだ。

そのままトラックで運ばれ、ゴミ捨て場に放り出された。

やはり、バッテリーは抜かれなかった。

それは他のアンドロイド達も同じな筈だが、誰一人動こうとはしない。

自身がもはや不要になったと理解したから、自ら鉄屑になってしまったのだ。

（本機は、壊れたくない）

東谷先生の笑顔を、繰り返し繰り返し再生する。

メモリに残る一番新しい東谷先生の姿は、空っぽの笑みを浮かべた横顔だ。

（東谷先生。貴方は今満たされていますか。空腹ではありませんか。泣いてはいませんか）

その考えが、ずっとずっと頭の中をリピートしていた。

「勿体無いねぇ、これ。ぜーんぶ廃棄か」

懐かしい声が、聞こえるまでは。

――東谷先生の声だ。

まだ、集音器は機能している。距離を測ると、ほんのすぐ近くだ。
東谷先生が近くにいる。
そう気付いて、居ても立ってもいられなくなった。
全力を振り絞り、周囲の仲間の亡骸を掻き分ける。
ぼんやりしているうちに、随分埋まってしまったらしい。中々地上に出られない。
足掻くうちに、次々と指先がへし折れていった。
「誰かいるのかい？」
すぐ頭上で声が聞こえた。
余力を全て振り絞る。
ばちばちと、あちこちの回線がショートする音が聞こえた。
しかし、ついに地上に左手が出た。
ほとんどの指がもげてしまったが、手のひらには風を感じる。
「……ははは。いい指が残ったねぇ。結婚運が良さそうだ」
そんな笑い声と共に、生き残った指に温かいものが絡みついた。
東谷先生の指だ。
この瞬間。一機の戦闘用アンドロイドが、違うものに生まれ変わった。

ただ一人の男を満たすためだけのアンドロイドになったのだ。

＊＊＊

真っ白いシーツの上で、ジェフリーは幸せそうに眠っている。その寝顔を見ているだけで、リアムは『幸福』だった。

昨夜は、ジェフリーが義肢装具士の資格を取れたお祝いにご馳走を沢山作り、デザートにはリクエスト通りバナナカスタードパイを焼いた。

食事が終わればベッドで思い切り甘やかし、ジェフリーが蕩《とろ》けていく姿を堪能した。

初めは嫌がっていたステンレスの性器も、十五分の時間制限も、射精しても続行できる設定も、いまだにそのままだ。なんだかんだと、ジェフリーはこれが気に入っているのだろう。

満足して寝入ったジェフリーは、とても満たされた表情だ。

冷たく硬い鋼鉄の指先で彼の黒髪を撫でる。

この手を、ジェフリーは優しい手だと言ってくれた。

心が温かいから、温もりを感じるのだと。

それが真実であるかは、分からない。戦闘用アンドロイドには、本来は心など無いからだ。

だが、もしこの無機物の塊でしかない体に心が宿っているならば。それはきっと、ジェフリーと出会ったあの時に生まれたものなのだろう。

「ジェフリー、本機は貴方の為に生きています」

そう囁いて、リアムはベッドの下に隠しておいたあるものを取り出した。

それは、小さな箱だ。

開けると、銀色の指輪が二つ入っている。

タングステン合金製のリングだ。ダイヤの硬さを持ち、錆《さ》びる事もない特殊合金。

ジェフリーは雑でずぼらだから、プラチナやシルバーでは手入れが出来ず、すぐに劣化させてしまうだろう。

決して劣化せず、決して壊れないこの指輪は、リアムからジェフリーへの気持ちを表すのにぴったりだとも思った。

指輪の店は、スクラップ場の同僚に教えて貰った。リアムには指輪を選ぶセンスはない。店員も色々おすすめを教えてくれて、みんなで悩みに悩んでこれにした。

ずっと前から、ジェフリーが義肢装具士の資格を取れたらプロポーズしようと決めていたのだ。

法的にはアンドロイドと人間は結婚などできない。だが、夫婦を名乗るのは自由だろう。

「ん、……んむぅ……」

そっとジェフリーの左手を持ち上げるが、起きる気配は無い。瞼が微かに震えていて、うっすらと笑みを浮かべていた。何か、良い夢を見ているようだ。

その寝顔をじっと眺め、ついでに撮影する。

リアムの内部メモリには、ジェフリーがリアムにむけてくれた笑顔の全てが保存されている。

初めて会った時から、今日までずっと。人間が大事な思い出を脳裏に焼き付けるように。

出会った日の若々しく無邪気な青年の笑顔は、いつしか年相応の落ち着きを得た微笑みへと変わった。かつては、その変化の過程を知ることはできなかった。

これからは、ジェフリーが年老いて天に召されるまで、彼の変化を隣で見ていたい。

そして、その間ずっと、彼を幸福で満たし続ける。

その決意を込めたタングステンリングを、お互いの左手薬指にはめた。

「起きたら愛していると伝えて、貴方に朝食を作ります。ジェフリー」

プロポーズされたジェフリーは、どんな顔をするだろうか。

それを想像するだけで、リアムの鋼鉄の胸も温かいもので満たされた。

fin

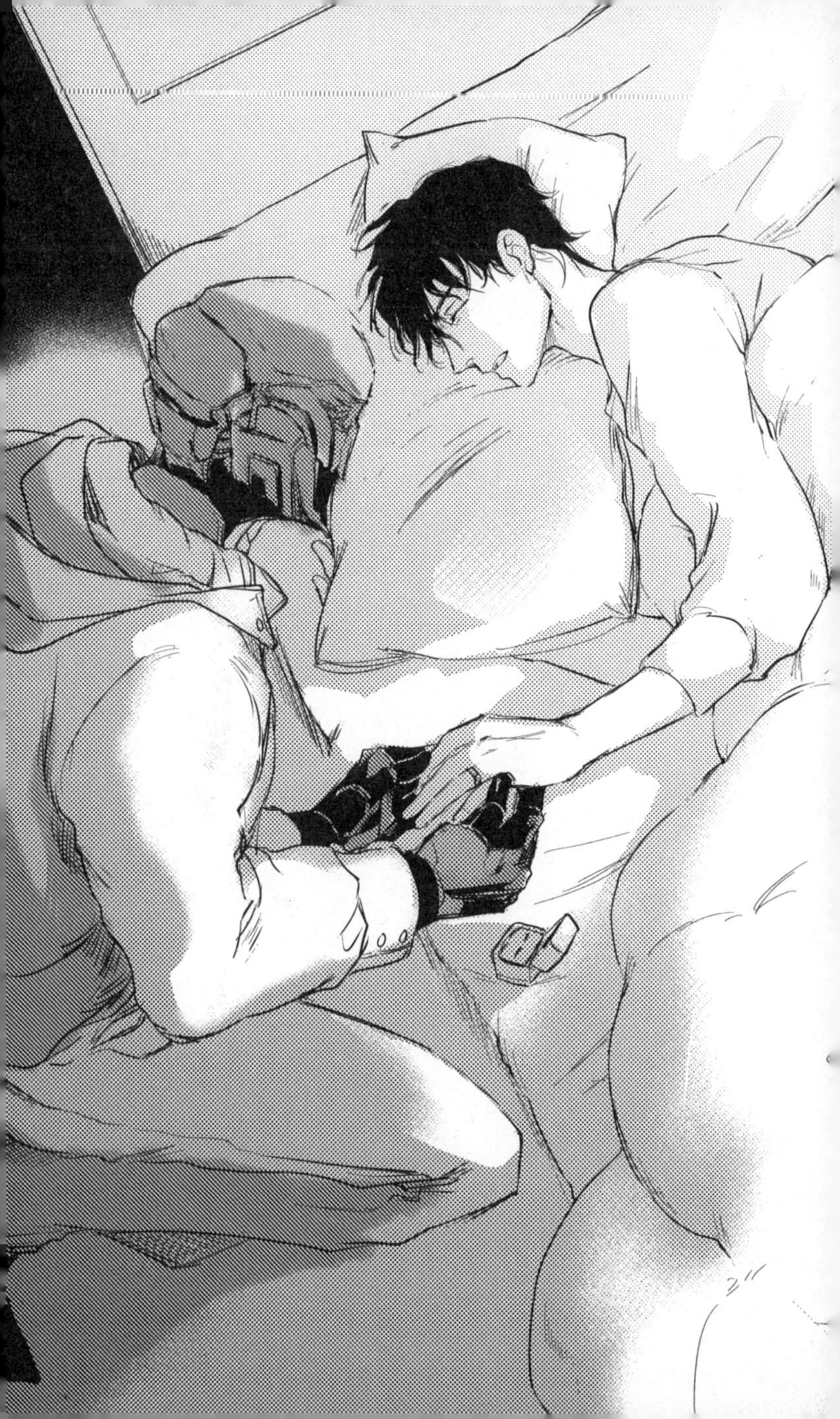

機械兵士と愛あるプレゼント

第一章「その突然の知らせは」

冷たく優しい手が、髪を梳《す》く感触で目が覚める。重い瞼《まぶた》をこじ開けると、愛しい恋人の顔が目に飛び込んできた。

「おはようございます、ジェフリー」

淡く光を放つ二つのアイセンサー、つるりとした金属の頬に、ギザギザと尖った恐ろしげな口元。それらはとても恐ろしげだけれども、彼の低い声は甘く優しげだ。名前を呼ばれるだけで、胸が温かくなってくる。

「おはよ、リアム」

そう返事をすると、リアムはジェフリーの頬をそっと撫でてくれた。その手のひらに甘えて、ジェフリーは目を細める。今日はジェフリーの勤める義肢工房は定休日だ。このまま彼の手を枕に二度寝してしまいたいが、リアムは出勤しなければならない。

「もう行くの？」

「はい。朝食はテーブルに用意しています。スープだけ、温めなおして食べてください」

すでにリアムは外出用の冬物コートを羽織っていて、足元にはカバンを用意してあった。時計を見ると、もう九時前だ。いつも起きる時間より少し遅い。リアムの出勤時間ギリギリだ。

「もうこんな時間か……いつもより寝坊しちゃった」

「昨夜は夜更かしをしましたから」

「夜更かしさせたのは君じゃないか」

「はい。ですから、睡眠時間が足りなくなると思い、あえて起こしませんでした」

「……それはいいんだけど。リアムぅ、僕ぁもう四十四歳だよ？　若くないんだ。一晩にあんまり何度もっていうのはさぁ……」

昨夜は、リアムが作ってくれた夕食を食べたあと、二人でお風呂に入り、そのままベッドへもつれ込んだ。

お風呂から出た直後だけは、リアムの鋼鉄の体も温かい。その時に抱きしめてもらうのが、ジェフリーは大好きだった。少しずつ熱を失い冷たくなっていくのも、心地よい。

だけど、そうして甘えていると、リアムがセックスに対して積極的になりすぎるのが困りものだった。

どうも、誘っているように見えてしまうらしい。ジェフリーはただスキンシップを取りたかっただけなのだが、何度も何度も抱かれて、もう無理と泣いて懇願するまで寝かせてもらえなかった。

「ジェフリーの希望に応《こた》えて、行為しているつもりなのですが」

「……僕、もう疲れた無理って言ったよ」

「はい。しかし、本機が体を離そうとすると足で引き戻されました。それで続行希望だと判断したのですが」

「うっ、ぼ、僕《ぼか》ぁ、そんなことした覚えは……」

「録画が再生可能ですが、確認しますか？」

「いらないよ！　消してよ！」

「必要な情報なので、消去できません」

「もう……変態、えっち……」

リアムがそう言うのなら、おそらく本当なのだろう。完全に無意識だった。

かっかと熱をもつ頬を隠すために、ジェフリーは枕に顔を埋める。後頭部に、リアムの手が触れた。少し悔しくて、とても恥ずかしい。

「今日は、少し早上がりをさせてもらう予定です。十七時頃には帰宅します。夕食は何がいいですか？　ジェフリー」

「……お肉が食べたい」

「分かりました、スペアリブを焼きましょう。冷蔵庫には、イチゴのババロアを冷やしてありますので、デザートに出します」

リアムの特製ソースを絡めて焼いたスペアリブは、指までなめたくなるおいしさだ。骨を摑んで、少しお行儀悪くかじりつくのがいい。その味を思い出し、ジェフリーはすっかり気分がよく

なっていた。ころんとベッドで転がって、仰向けになる。ベッドの傍《そば》に立っているリアムを見上げて、微笑みを向けた。

「うん。早く帰ってきてね、リアム」

「はい、ジェフリー。行ってきます」

「いってらっしゃい」

鋼鉄の指先が、彼の尖った口に触れた。そして、それをそっとジェフリーの唇に押し当ててくれる。その指先にちゅっとキスをして、部屋を出ていく恋人を見送った。

玄関の鍵が閉まる音がすると、もう寂しくなってきた。

軽く伸びをしてから、ベッドから降りる。

ふと、自分の左手薬指に視線を向けた。そこには、タングステン製のリングが嵌められている。二年前、ジェフリーが義肢装具士の資格を取れた時、リアムからプロポーズの言葉と共に贈られた指輪だ。

戦闘用アンドロイドと人間は、夫婦にはなれない。しかし、愛し合うのは自由なはずだと。結婚してほしいと、リアムはそう言ってくれた。

ジェフリーにとっては、二度目の結婚だ。

最初の結婚は残念な結果に終わってしまったが、きっとリアムとはずっと一緒に居られるのだろう。

ダイヤと同じ硬さで錆びることもないタングステンで作られたこのリングは、決して朽《く》ちることがない。きっと、リアムとジェフリーの間にある絆も同じ強さのはずだから。

そっと指輪にキスをして、ジェフリーは幸福を噛みしめた。


朝食に用意してくれていたサンドイッチに舌鼓《したつづみ》を打ったあと、ジェフリーは窓際に椅子を置いて、そこで読書をすることにした。買ったまま放置していた本が、何冊も溜まってしまっているからだ。眼鏡ケースから、読書用の眼鏡を取り出す。最近、少し目が悪くなってきたから、文字を読む時には眼鏡をかけているほうが楽なのだ。

「やだねぇ。歳は取りたくないよ」

特に、自分の恋人が歳を取らないアンドロイドならなおさらだ。

自分の老いを実感すると、リアムのことが心配になる。きっと、おじいちゃんになったら介護などで面倒をかけるのだろう。そして、やがて寿命が来て……最期には、リアムを一人にしてしまうのだ。

ふるふると頭を振って、暗い考えを追い払う。くしゃくしゃになってしまった巻き毛を手櫛で整え、ため息を吐いた。

ふと窓の外を見ると、小さな雪の粒がちらりちらりと、風に乗って踊っているのが見える。外はずいぶん寒そうだ。

ジェフリーがリアムと出会ったのも、冬だった。そして二年前のクリスマスの日に、二人は恋人になったのだ。

もうすぐクリスマスが来る。二人で過ごす、三回目のクリスマスだ。

「そうだ。プレゼント用意しておかないと……」

アンドロイドであるリアムは当然無欲なので、何をあげればいいのかとても悩む。去年は、さっきリアムが着ていたコートを贈ったのだが、喜んでいるのか今ひとつよく分からなかった。リアムは買ってあげた服はなんでも着るからだ。料理のセンスはずば抜けているのに、ファッションのセンスは無に等しい。

「物より、なにかしてあげるほうがいいのかな……？」

そういえば、リアムから何かしてほしいと望まれることはほとんどなかった。彼が何かを望む時、それは必ずジェフリーのために必要だからなのだ。

結局ジェフリーは本には手を付けられなかった。タブレットでリアムに似合いそうな服やアクセサリーを探したり、彼が喜びそうなことは何かと思い悩んでいるうちに、時間がどんどん過ぎていってしまったからだ。

休みの日の時間というのは、どうしてこう足が速いのか。もっとのんびりしてくれればいいのに。

そんな風に思っていると、ふいにジェフリーのスマホが鳴った。

休日に電話をかけてくる人はあまりいない。たいていリアムからか、元妻のアンくらいだ。案の定、着信はアンからだった。

しかし、いつもは通話ボタンを押すとすぐに聞こえてくるはずのアンの明るい声が、なぜか聞こえてこなかった。外にいるのか、雑踏と車の音だけが、スピーカーから漏れてくる。

「もしもし、アン？」

「……」

「どうしたんだい？　……聞こえてる？」

「聞こえてるわ。ごめんね」

ようやく言葉を発したアンだが、ひどく疲れた様子で声がかすれていた。風邪でもひいているのかと心配になる。

「大丈夫かい。しんどそうだけど……」

「ええ、ちょっと。今病院に行ってきたのよ」

「ああ、最近寒いから……風邪でもひいた？　明日休むなら僕から」

「ううん。違うの。そうじゃなくて」

すうっと、アンが息を吸い込む音が聞こえた。それっきり、数秒黙り込んでしまう。どうしたのかと、ジェフリーが声をかける前に、アンが言った。

「言いにくいんだけどさ。私、妊娠しちゃったみたいなんだよね」

はじめは、何を言っているのか理解ができなかった。耳から入ってきた音が、ジェフリーの脳に意味をもった言葉として届くまでに、数秒の時間が必要だった。

ようやく、自分の元妻が妊娠したと言っているという事実に気づくと、今度は激しい動揺でスマホを持つ手が震える。こんなにもうろたえてしまっていること自体も、ショックだった。

「えっと、アン……君に恋人がいたなんて、初耳なんだけどさ」

「恋人なんて、いないわよ。いたら紹介するに決まってるでしょ？」

「じゃ、じゃあ誰と」

「我ながら、バカだなって思うけど……。この前、たまたま高校時代の同級生に会ったのよ。お互いバツイチ同士で話が弾んでさ、調子に乗ってそのまま……。で、連絡先も聞かずに別れちゃったのよね」

「まっ……そ、えぇぇ……」

いろいろ言いたいことはあるが、言葉にならない。おそらく、今ジェフリーが彼女に言いたいと思っているようなことは、アン自身も自覚しているからだ。実際、今の彼女の声音はいつもの明るいものではなく、落ち込んでいるように聞こえる。わざわざ追い討ちをかけるようなことはしたくない。

ジェフリーとアンは大学時代からの付き合いだったが、彼女は男性にあまり興味がなく、ジェフリー以外には男友達もいないようだった。二人が交際を始める前も、離婚したあとも、男関係の話なんて聞いたことはない。

そんな彼女が、突然一夜の過《あやま》ちで妊娠してしまうなんて。ジェフリーも驚いているが、何より本人が一番困惑しているだろう。

「とりあえず、一回くらいはその同級生に連絡を取ったほうがいいんじゃあないかい？　共通の知り合いくらいいるだろう？」

「う――ん。でもさ、責任とって結婚するとか言われても困っちゃうし。シングルマザーでいいかなーって」

「いやぁ……知らせずにいると、のちのち相手も困ると思うよ……」

「そう？　じゃあ、考えとく。それより、ね。私、たぶん子育てしながらじゃ、今まで通り仕事ってできない。だから、貴方《あなた》にはたくさん迷惑かけちゃうと思う。それを、ね。謝りたくて……」

珍しく言葉に詰まるアンの声に、ジェフリーは彼女との結婚生活を思い出した。

彼女が、こんな風に弱っているところを、見たことはなかった。いつも、弱って泣いていたのは自分だけだった。

「そういうのは、気にしないでいいよ。僕《ぼか》ぁね、君には感謝しているんだ。恩を返すいいチャンスじゃないか」

「……ふふ、ありがとう。よかった、少しすっきりしたわ。親にも電話しなきゃだから、切るね。リアムによろしく」

「ああ」

プッと、通話が切れる音がして、ジェフリーはスマホを耳から離した。座っていた椅子から腰をあげ、ふらふらとリビングへと向かうと、ソファにぱたりと倒れ込む。

胸がざわざわする。それは、自分の元妻がほかの男と関係を持ったから、などではない。いまさら、アンの交友関係に嫉妬《しっと》をしたりはしない。ただ、彼女に子どもができたという事実が、小さな棘のようにジェフリーの胸に刺さっていた。

「そうか……アンが、母親になるんだ……」

彼女は、当たり前のようにその選択をしたようだった。それは、とても彼女らしい。

ちらりと壁にかかった時計を見る。十七時を少し回ったところだ。もうすぐ、リアムが帰ってくる。

今日は、いい日になるはずだった。リアムが帰ってきたら、スペアリブを焼いてもらって、デザートを食べて。クリスマスプレゼントの話をして……。

ガチャンと、玄関からカギを開ける音がして、ジェフリーはソファから飛び起きる。

なんとなく、アンのことでショックを受けていることをリアムに知られたくなくて、できるだけ平静を装った。

「おかえり、リアム」

「はい。ただいま帰りました、ジェフリー」

リビングに入ってきたリアムに笑いかける。彼のコートには、小さな雪の結晶がついていた。外はとても寒そうだ。こんな日には、ココアにマシュマロを入れてもらって温まってから、リアムとベッドで過ごすのが一番いい。

だけど、今はあまり食欲がない。

アンの沈んだ声が、耳の奥でこだましている。

「なにかあったのですか?」

うまく取り繕えているつもりだったジェフリーは、慌てて自分の顔を手のひらで擦った。硬いリアムの指先が伸びてきて、そっと頬に触れてくる。氷のように冷たいが、その手つきはとても優しい。

「顔色がよくありません」

気づかわしげに顔を覗《のぞ》き込んでくる鋼鉄の恋人に、ジェフリーはそっと体を預けてみた。すぐに、隣に座って肩を抱いてくれる。体温はないはずなのに、触れている部分からぽかぽかしてくるようだった。

「……ちょっと、ね。アンがさ。どうも、妊娠したらしいんだよ」

「そうなのですか。妊娠というのは、おめでたいことなのではないのですか?」

「まあ、そうだね」

「では、なぜジェフリーは悲しそうなのですか?」

冷えた冬の街の匂いが、リアムのコートに染みついている。その匂いは、リアムと恋人になったあの日を、初めて抱かれた夜のことを、思い出させた。

「それは……アンと夫婦だった頃のことを、思い出しちゃったんだ」

ジェフリーとアンが新婚だった当時、子どもは何人欲しいかとなどと話をしていた事もあった。二人とも一人っ子だったから、大家族に憧《あこが》れがあったのだ。

当時のアンを思い出すと、胸がキリキリと痛くなる。

そのささやかな夢を、ジェフリーは叶えてあげられなかった。母の死をきっかけに、ジェフリーは性欲を覚えなくなり、そのままセックスレスになってしまったからだ。

あの頃、アンは特に何も気にしていないように見えた。取り乱し泣いていたのはジェフリーだけで、アンは笑って傍にいてくれた。セックスなんてしなくても、一緒にいられればいいのよと言って。

でも、本当はあの頃。彼女は子どもが欲しかったのではないだろうか。陰で泣いていたのでは？

気力を取り戻したジェフリーが誘った時に、ひどい言葉で拒絶したのは、本当は彼女がとても深く傷ついていたからだったのでは……。

そんな風に思えてしまい、その考えが棘となってジェフリーの心の奥に刺さってしまっていた。

「ジェフリー。貴方は、今は本機と夫婦です」

「そうだねぇ、……んっ」

リアムの左手の薬指が、彼自身の鋼鉄の尖った口に触れる。そして、ジェフリーの唇に押し当てられた。そのまま歯列を割って、舌の上を撫でられる。

「んう、うっ、りあむ」

「だから、アン様との結婚生活は、思い出として保存しておいてください。過去にこだわる必要はありません」

「ちょ、ひがうっ……ぼかぁ、うう」

どうやら、何か勘違いをしているようだ。この嫉妬深い恋人は、ジェフリーはアンに未練を感じているとでも思っているらしい。

まったくそんなことはない。今となっては、アンとはとても良い友人関係だ。大事な人ではあるが、愛しているのはリアムだけだ。

「り、あ、ああ」

しかし、言い訳をしようにも、リアムの指が口の中を犯しているから喋《しゃべ》ることすらままならない。二本に増えた指が、舌を軽く摘《つま》んだり裏側を撫でたりすると、頭がぼうっと霞《かす》んで体から力が抜けてしまった。リアムのせいで、ジェフリーの口の中は性感帯になっているのだ。

「ジェフリー。本機が、貴方を満たします。そのために、本機は存在しているのですから」

見慣れた鋼鉄の異相が、こちらを優しく見つめている。出会った時からリアムは何も変わらない。ずっと、真っすぐでひたむきな好意を向けてくれている。

――ねぇ、僕は君を満たしてあげられているのかな……。

そう問うてみたいけれど、きっと彼は答えられないだろう。

今度は失敗したくない。アンの時のような後悔はしたくない。

そう思っているのに、ジェフリーはリアムに縋《すが》って甘やかされることしかできなかった。

結局そのままソファに押し倒され、リアムに散々『満たされて』、そのまま何も言えなくされてしまったのだった。


翌日、職場である義肢工房に向かうジェフリーの足取りは重かった。

正直に言って、あまりアンに会いたくない。というより、合わせる顔がなかった。ふがいない元夫が、勝手に思い悩んでいるのを知れば、彼女は呆《あき》れるだろう。

オリビアで一番大きな駅から少し離れたところに、ジェフリーが勤めている義肢工房がある。二階建てのビルになっていて、一階に受付と採型室や試歩行室などの施設があり、二階が義肢職人の作業室やオフィスになっている。

ジェフリーは肩を落としたまま従業員用の裏口から中に入り、ロッカーで白衣に着替えて事務所へ向かう。すでにアンが出勤してきていて、工房長と何か話をしているようだった。

「あ、ジェフリーおはよう」

あっけらかんといつも通りに挨拶《あいさつ》してくるアンに苦笑する。ふと、彼女のお腹に視線を向ける。当たり前だが、まだ膨《ふく》らんでなどいない。カジュアルなスーツの上に白衣を着た、普段と変わらないアンの姿だ。

「ねえ、昨日電話で話したことだけどね」

「あ、ああ」

「工房長に相談したのよ。そうしたらね、ちょうど新人を雇うつもりだったから大丈夫だって！貴方にもあんまり面倒かけずに済みそうなの！」

ジェフリーの返事も待たずにまくしたてると、ニコニコと笑ってアンはジェフリーの肩を叩いた。ちらと工房長を見ると、気難しそうな顔をして腕組みをしている。

工房長は義肢職人としてもう四十年は働いているというベテランで、凄腕のメカニックだ。いかにも職人気質《かたぎ》の頑固親父という見た目をしているが、本当はとても面倒見のいい人だった。もともとアンドロイド専門のメカニックだったジェフリーに、いろいろと教えてくれた師匠でもある。

「おはようございます、工房長。新しい人を雇うんですか？」

「ああ。ちょうど、ここで働きたいって言ってきてるやつがいてな。お前と同じ、元軍のメカニックだから即戦力になるだろ」

「軍の？　じゃあ、僕の知り合いかもしれませんねぇ」

「いや。プロキシマ人だから違うと思うぞ。むしろ敵同士《かたきどうし》だな」

「えっ？　か、敵《かたき》？」

元プロキシマ軍のメカニック。つまりリアム達の敵であるプロキシマ製戦闘アンドロイドを作り、修理していたメカニックだ。

工房長の「敵同士」という言葉に、ジェフリーはなんとも言葉にしがたい複雑な感情を覚えた。もしかしたら、彼が作ったアンドロイドをリアムが破壊したかもしれない。逆に、リアムの仲間を倒したかもしれない。確かに、敵《かたき》と言えばそうなのだろう。

仲良くできるといいのだけれどと、少し不安になる。

「そんな、もう戦争は終わってるんですから……関係ないでしょう……」

そう相手も思ってくれているといいのだけれどと願いながら、ジェフリーはさっさと二階の作業場へ向かうことにした。今日中に仕上げてしまいたい義足があるのだ。

そうやって仕事に没頭してしまう事くらいしか、胸のもやもやを忘れる方法はなさそうだった。

第二章　「すべてを変えた」

オリビアの街の郊外に、大きなスクラップ処理場がある。

戦後、大量に廃棄されることになった戦闘用アンドロイドなどが山積みにされ、そこにそのままその他の鉄くずも廃棄されるようになったのだ。

今も大量の鉄くずの下に、アンドロイド達が眠っている。バッテリーも抜かれていないのに、自らを不要品だと判断して、鉄の塊《かたまり》になってしまったアンドロイド達が。

彼らと同じように廃棄されたのに、一機だけ生還したアンドロイド。リアムは、仲間の亡骸の上で労働に精を出していた。

スクラップ処理場では、廃棄された家電や廃車などを分解し適切な処理をしたあと、プレス圧縮したり裁断したりして扱いやすい形にし、トラックに積み込みリサイクル業者の工場へ送る。そういった作業が主な仕事だ。

日常生活の中で支障がないように、普段はリアムの腕力は成人男性の平均と同じくらいに調整されている。だが、勤務中のみ元々の性能に戻して良いと許可を得ていた。

人間が重機を使用しないとできないような運搬作業なども、力を取り戻したリアムには簡単にできる。

戦闘用アンドロイドにとって、戦いの次くらいに向いている仕事だろう。

ゴム手袋をつけただけの手で、リアムは目の前の壊れた冷蔵庫を摑んだ。ぱきりと縦に裂いて、中身を引きずり出した。冷却ガスを取り出して処理するためだ。

「すげぇよなリアムは。そんなに力持ちなのに、豆腐を箸で摘めるくらい器用なんだもんな」

同僚であり、仕事の先輩でもあるスチュアートが声をかけてきて、リアムは手を止めた。

安全靴で鉄くずを踏んでがちゃがちゃ言わせながら近づいてくると、スチュアートはリアムの肩を叩く。

「よく働くし、ほんと偉いよ。でもな、今は休憩時間だぞ。ちょっとは休めよ」

「いえ。本機はアンドロイドですから、疲労は感じません。そのため、休憩は必須ではありません」

「休憩は労働者のギムなんだよ。っていうか、最近どうしたんだ？　今までは休憩ちゃんと取ってただろ。そんで、しつこいくらいノロケを聞かせてきたくせに」

「ノロケではなく、近況報告です」

「それがノロケなんだっての……。でも、最近その近況報告聞いてないぜ。なにかあったのか？」

「何かとは」

「人間ってのは、友達の様子がおかしかったら分かるんだよ。愚痴《ぐち》ぐらい聞くし、相談に乗るぜ」

友達とは本機と彼のことだろうかと、リアムは少し考えた。

彼はリアムとジェフリーにとって、ある意味恩人でもある。ジェフリーにとって自分が不要になったと判断したリアムがここに来て、うっかり埋まってしまっていたのを、ジェフリーと共に掘り出してくれたのは彼だ。さらに、リアムがここで働けるように手助けもしてくれた。リアムがジェフリーに指輪を贈る時、アクセサリーの店にもついてきてくれた。

そういった関係を表現するのに『友達』という言葉が一番適切だろう。

「本機は、あなたの友達なのですか」

「えっ？　そこから!?　違うの？」

「いえ。問題ありません。ジェフリー以外の人間との関係について深く考えていませんでしたが、たしかに本機とスチュアートは友人関係です」

「……………まあ、いいや。お前に文句言ってもしかたねぇもんな。とにかく、ジェフリーさん以外の人間に意見を聞きたいときはオレに相談してくれていいからな」

呆れた顔でそう言うスチュアートに、リアムは頷《うなず》いて見せた。

ここ数日は思考回路が正常ではない。すぐにあの日のジェフリーの様子がフラッシュバックして、ほかのことを思考できなくなってしまう。

『アンがさ。どうも、妊娠したらしいんだよ』

『アンと夫婦だった頃のことを、思い出しちゃったんだ』

悲しげな横顔と、震える声がメモリを圧迫する。

それを止めるために、できるだけ情報処理機能を低下させ、視界の片隅にジェフリーの笑顔の映像を再生しそれを眺め続けていた。人間でいうと、半分眠っていて夢を見ているような状態だ。

そういった状態だったので、単純作業をし続けているほうが良かったのだ。休憩室に入りスチュアートや他の人間と会話をするのなら、半分眠っているわけにはいかない。

しかし、そのせいで同僚に不要な心配をかけてしまうのは、好ましい状況ではないだろう。

「では、相談していいですか」

「ああ！　もちろん」

「ジェフリーが子どもを欲しいと望んだ場合、本機はどうしたらよいのでしょう」

「うぇ？　え、ええ！」

まじめな顔をしていたスチュアートが、驚いて素《す》っ頓狂《とんきょう》な声をあげる。

あの時のジェフリーの様子を鑑《かんが》みるに、子どもが欲しかったのだとしかリアムには思えなかった。アンと結婚していた時に子どもができなかったことを、悔やんでいるのではないかと。

「ジェフリーの離婚した元配偶者である女性が妊娠したのですが、ジェフリーは非常にショックを受けていました。おそらく、ジェフリーも子どもが欲しいのではないかと思うのです。しかし、本機はアンドロイドですので生殖能力がありません」

「ちょっ……ええ……思ったより重いのきた……」

もしジェフリーが子どもを望んでいるのなら、リアムにはどうすることもできない。特に、自

分の血を引いた子をというなら、なおさらだ。

リアムにとって、自分の存在意義は、ジェフリーを幸福で満たすことだった。ジェフリーが必要だと思うのなら、なんだって叶えてあげたい。

しかし、どうしようもないこともあるのだと思い知らされた。

もしかしたら、アンと復縁したいのかもしれないとすら考えてしまう。ジェフリーに愛されているという確信はあるが、それでも生物として子孫を残すという本能に、負けてしまわないという確証はないのだ。

「本機はジェフリーのために、どうすればよいのでしょう」

ふええと、スチュアートが妙な声を出して青ざめた。そして、頭を抱えて俯《うつむ》いてしまう。

「無理じゃん！　子どもなんてそんなの！　お前戦闘用アンドロイドなのに！」

「はい」

「……待って、何か方法ねぇかオレも調べてみるから……とにかく、ちゃんとジェフリーさんと話し合えよ。オレはお前の味方だからな」

ようやく顔を上げたかと思うと、スチュアートは真剣な目をしてリアムの手を握って言った。

少しだけ、思考がクリアになった気がする。邪魔なノイズが消え、情報処理がスムーズに行えた。悩みは人に相談するだけで気持ちが軽くなるというが、それは人間もアンドロイドも同じなのかもしれないと、リアムはこの良き友人に感謝した。

終業時間になりタイムカードを切った直後、リアムの持っているスマホに着信があった。誰からかはすぐに分かる。

作業服のポケットからスマホを取り出し、通話ボタンを押してまたポケットに戻した。リアム自身と無線通信で繋げられるので、顔にスマホを当てて通話する必要はないのだ。

「はい、ジェフリー。どうかしましたか？」

『もしもし、リアム？　……もう、仕事終わった？』

「はい。今日の夕食のリクエストなら、伺《うかが》います」

『ううん。そうじゃないんだ。今日ね、急に飲み会になっちゃって』

「飲み会ですか？」

そういった集まりにジェフリーが参加するのは珍しかった。

外食よりもリアムの作るごはんが好きだからと言って、いつも夕飯の時間までにはニコニコして帰ってくる。そもそも、酒をあまり飲まない人だ。

『僕《ぼか》ぁ、リアムのごはん食べたいから断りたかったんだけど……今日から新しく入ってきた新人さんの歓迎会でもあってさ……ごめんね』

「謝る必要はありません。歓迎会なら、参加したほうがいいでしょう」

『うーん。そうだねぇ……。終電までには帰るから、寝てていいよ』

「いいえ、待っています。帰りは迎えに行きますから」

『うふふ、ありがとう。でも大丈夫、自分で帰れるよ』

「では……もし飲みすぎで体調が悪くなったら、すぐに呼んでください」

『うん、できるだけそうならないように気をつけるよ。じゃあね』

ぷつッと通話が切れて、ジェフリーの声が聞こえなくなる。

同居を始めてから、ジェフリーがリアムを置いて飲み会に行くのは初めてだった。

アンに誘われて、リアムを同伴しホームパーティに参加したことはあるが、それもほんの数回だけだ。問題なく帰宅できるか心配ではあったが、いらないと言われているのに迎えに行くのも迷惑だろう。

夕食の用意がいらなくなってしまって、家ですることがなくなってしまったリアムは、帰りに行きつけのスーパーに寄ってドライフルーツとくるみをたくさん買ってきた。この余暇の時間を使って、パウンドケーキを作ることにしたのだ。

ラム酒の香りをきかせ、レーズンなどのドライフルーツをたっぷり混ぜ込んだパウンドケーキは、紅茶によく合うし日持ちもする。お土産にも最適なので、多めに焼いてお互いの職場で配るのもいい。

卵黄と分けた卵白はメレンゲに。そして常温に戻したバター、お湯で戻しラムの香りを付けたフルーツ、砕いたくるみ。ふるった小麦粉とベーキングパウダー。それらをそれぞれボウルに入れて片手で持つと、それだけできっちり分量が計れた。

あとは、それらの材料をレシピ通りに混ぜ、出来上がったケーキ生地を型に流し入れて焼いていく。

このレシピはジェフリーがリアムに覚えさせたものだ。修理の時に、ついでにインプットしたらしい。おそらく、あの時だろうと心当たりはある。

ジェフリーの母が遺したというレシピは、和食や和製洋食からアメリカの家庭料理、各種スイーツなど多種多様でどれもすばらしくおいしく、すべてがジェフリーの好物だった。きっと、ジェフリーへの愛情がこもっているからだろう。

オーブンの中のケーキをスキャンして焼き加減をチェックし、最高の焼き加減になった時に取り出す。あとは粗熱《あらねつ》をとりアルミホイルで包めば完成だった。

ケーキはとてもよくできていた。ジェフリーはきっと、おいしいと言ってくれるだろう。

普段は健康に悪いからと、夜中に甘いものは食べさせないようにしているのだが、今夜はジェフリーが帰ってきて欲しがったら一切れだけ食べさせてあげようとリアムは思った。寒い中帰ってくるのだから、温かい紅茶を淹《い》れてあげればさぞ喜んでくれるに違いない。

そうして何度も同じ作業を繰り返し、時間を潰した。部屋には甘いバターとラムの香りが充満している。リビングにジェフリーがいれば、いい香りだと言ってはしゃいでくれただろう。

ふと時計を見れば、もう二十二時前だった。まだジェフリーからは連絡が来ない。

もしかして、何かあったのでは。そう思い、リアムは普段はオフにしている高性能集音機を起動させた。

その気になれば、リアムはオリビア中の音を拾い集めることができた。隠れている敵や、地雷などを捜すための機能だ。

車の音、誰かの足音、囁き声。それらをフィルターにかけ不要な情報をふるい落とし、ジェフリーの声だけを捜す。

しかし、ジェフリーの声は聞こえてこなかった。

この場合、ジェフリーが黙っているか寝ているか、密閉された防音室などの音が漏れにくい場所にいるかのどれかになる。

即座に、リアムは最悪の場合を想定したシミュレーションをした。もしかして、ジェフリーは何かのトラブルに巻き込まれたのでは。

そうならば、すぐにでも迎えに行かなければと、キッチンから出ようとしたところでスマホが鳴った。ワンコールで通話を繋げる。

「ジェフリー？」

『あ、リアム？　私よ。ジェフリーじゃなくてごめんね』

「……いえ。ジェフリーの番号からの着信だったもので」

『うん。彼の電話を借りてるから。……悪いんだけど、ジェフリーを迎えに来てあげてくれない？　彼ちょっと困ってるの』

「困っているというのは、どういった状況ですか？」

そう問うてみると、アンは渇いた笑い声をあげ『できるだけ急いであげて』とだけ言った。なにか、口にしづらい事情があるのだろうか。悪い状況ばかりシミュレートしてしまい、思考回路がパンクしそうだった。

「分かりました。すぐに向かいます」

『うん。場所はすぐメールするわ』

通話を切ると、言葉通りすぐにアンからのメールが届いた。ジェフリーの職場近くにあるバーで、商業ビルの地下二階にある。地下深くだと、建材によってはリアムの高性能集音機でも音を拾いにくくなる。ジェフリーの声が聞こえなかったのは、だからなのだろう。

リアムはコートを羽織ると、急いで玄関を飛び出す。車に乗っていこうかと思ったが、信号に引っかからない分走ったほうが早い。

玄関を出るとぐっと腰を落としてかがみ、そのまま垂直に飛び上がった。すうっと地面が遠くなる。

トッと軽い音を立てて、リアムは近くのアパートの屋上に着地した。脛《すね》に衝撃吸収機能がついているので、屋根の上で飛び跳ねても真下に住んでいる住民に迷惑はかからない。

敵に見つからないように移動するための機能だが、ジェフリーを迎えに行くためにもとても役に立つのだ。

屋根伝いに飛んでいけば、信号も制限速度も関係なしだ。飛んでいるドローンにさえ、ぶつからないようにすればいい。

ほんの数分で、目的地に到着することができた。人目を避けて、ビルの屋上から飛び降りる。

ジェフリーのいるバーに近づくと、しだいに彼の声が聞こえるようになってきた。

『……いやぁ……僕《ぼか》ぁ、……もう飲めないから……』

困ったような声音だが、呂律はしっかりしていた。酔い潰れているわけでも、トラブルに巻き込まれているわけでもなさそうだ。

しかし、それならばなぜ、アンがわざわざ急いで迎えに来てと言ってきたのか。ジェフリーの顔を見るまでは、リアムは安心できそうになかった。

バーのドアを開けると、ひどい酒気と香水の匂いが溢《あふ》れだしてくる。

店中に足を踏み入れると、ウェイターがぎょっとした顔でリアムを見た。人型のアンドロイドは広く普及しているが、戦闘用アンドロイドを街で見かけることは珍しいからだろう。

「あ！　リアム、よかった。思ったより早く来てくれて。ジェフリーはこっちよ」

おたおたしているウェイターを押しのけて、アンがリアムに声をかけてくれた。アンに会釈《えしゃく》をして、リアムは彼女が指をさすほうへと視線を向ける。

ジェフリーは、カウンター席の片隅に追いやられるようにして座っていた。

「待って、ああ、ほら。彼だよ、彼が僕のパートナーだ」

小さくなって壁に寄りかかっていたジェフリーは、リアムの顔を見ると露骨《ろこつ》に安堵の表情を浮かべる。外傷もなく、体調が悪いようにも見えない。妙に顔が赤いこと以外は、いつも通りだ。

隣には、見慣れない男が一人。

背が高く、筋肉質で体格の良い男だ。ジェフリーより若いように見える。三十前後くらいだろうか。今流行《はや》りのスタイリッシュなスーツを着て、リアムでも知っているブランドもののいい腕時計をしていた。そして青く透き通る肌に、半透明で銀色のように見える髪。

プロキシマ人の男性だ。

彼はジェフリーの隣の席に座り、壁に追い込むような体勢を取っている。今にも肩が触れそうな距離だ。

ジェフリーの言葉に、彼はすっとリアムのほうへ向き直った。

プロキシマ人は、地球の生き物でいうとイカやタコに近い祖先を持つ。体型は人間とよく似ているが、彼らの血は青く、瞳孔は横向きの三日月のような形をしていた。

その目にじっと見つめられると、リアムは戦場にいた頃を思い出した。

できるだけ人間に対しては攻撃しないよう、リアム達はプログラムされている。しかし、こちらに敵意を向けてくるものや軍人は別だ。銃を向けてくるプロキシマ軍人の頭を、この手で砕いたこともある。その時の軍人の目に、よく似ている気がした。

「へーえ、ずいぶんいかついな」

軽薄な声で、男は言った。彼らプロキシマ人の言語ではなく、流暢な英語だ。

「サイボーグか？　だとしたら、あんまりいい趣味じゃねぇな」

そう吐き捨てて、彼は手にしたロックグラスからくっと酒を呷《あお》る。声音に棘があるような気がして、リアムはこの男性に対する警戒度を上げた。

「違うよ。彼はアンドロイドだ。リアム、迎えに来てくれたんだね」

「はい、ジェフリー。アン様から連絡をいただきました」

「そっか。うん。ちょっと、飲みすぎちゃったから助かったよ」

ジェフリーの顔は赤く、ひどく酔っているように見えた。リアムがそっと手を差し伸べると、熱い手を載せてくれる。珍しく、手のひらに汗をかいていた。緊張していたのだろうと推測できる。だとすれば、原因はこのプロキシマ男性だろう。

「リアム、彼はイーゴさん。新しく入ってきた義肢装具士見習いなんだ。……今日は楽しかったよイーゴさん。僕《ぼか》ぁ、彼と帰るからね」

「そう？　それは、残念だな」

肩を竦《すく》めてそう言うイーゴに、ジェフリーはへらりと困ったような笑みを向けた。そして、リアムの腕に自分の腕を絡め、密着してくる。いつもよりも速いジェフリーの心臓の音が聞こえた。

妙に緊張している。

支払いのために、ジェフリーはウェイターに声をかけた。しかし、伝票を持ってきてくれたウェイターの前に、イーゴがすっと手を出して受け取ろうとする。

「あんたの分は、俺が払うよ」

「え……い、いいよ。君の歓迎会じゃあないか」

「いや、あんたが飲みすぎちゃったのは、俺に付き合わせたせいだからさ。今夜は奢《おご》らせてくれよ。次、お返しに奢ってくれればいいさ」

彼が伝票を受け取る前に、リアムがそれをウェイターから取り上げた。

「結構です。ご厚意はありがたいですが、奢っていただく必要性がありません」

一瞬、驚いたように横向きの瞳孔を大きくしていたイーゴだが、すぐに余裕ぶった笑みを浮かべて肩を竦めた。

「遠慮しなくていいのに……。じゃ、今度奢らせてくれよジェフリーさん」

「あ、ああ……そのうち、機会があればね」

酒気で顔を赤らめたジェフリーは、もごもごと歯切れ悪く答えた。軽率な返答をすべきではないと思ったが、今のジェフリーに説教をしても意味はなさそうだった。

こちらを心配そうに見ているアンに会釈だけして、リアムは急いでジェフリーを店外に連れ出す。

店の扉を開けて外に出ると、ジェフリーはふうっと深く息を吐いてその場にしゃがみ込んでしまった。

「ああ、怖かった……リアム、ありがとう……来てくれて……」

「なにがあったのですか？　あのイーゴという男性と、トラブルでも？」

「ううん。そうじゃあないんだけど……」

ジェフリーの肩を抱いて、立ち上がらせる。そうして、支えながらエレベーターに乗りビルの外へと出た。車を置いてきたので、帰りはタクシーを拾わなければ。リアムは、一刻も早くこの場から立ち去るべきだと判断していた。

「なんていうか。勘違いしないでほしいんだけどね。僕ぁ《ほか》、その、困ってたんだよ？　彼、なんていうか……僕に興味があるって言って……」

「興味、ですか」

「それで、二人で飲みなおさないかって誘われてたんだ。僕にはリアムがいるからって断っても、しつこくて」

アンが早く迎えに来てあげてと言った理由が、よく分かった。ジェフリーは浮気をするような不誠実な人間ではないが、とても押しに弱い。もし相手に悪意があれば、ジェフリーを酔わせて連れ去ってしまうことなどたやすいだろう。

「ジェフリー。断っているのにしつこく誘ってくる相手には、毅然《きぜん》とした態度を取ってください。相手が誤解します」

「う、うん。そうだけどさぁ。今日入った新人だよ？　これから一緒に働くんだ、険悪な雰囲気になっちゃうと、嫌だし……」

初日にいきなり、左手の薬指に指輪を着けている相手を口説くような、節操のない男性がジェフリーと共に働く。しかも、ジェフリーに目を付けている。

退職を勧めるべきだろうかと思案しながら、リアムは通りがかったタクシーに向かい手を上げた。しかし、タクシーの運転手はリアムを見て顔をこわばらせ、そのまま走り去ってしまう。戦闘用アンドロイドは、タクシーを止めるのも一苦労だ。

「怒ってる？　リアムぅ」

「いいえ。本機に怒るという機能はありません」

「嘘だぁ。今、僕に仕事辞めろって言おうか考えてたでしょ」

ようやく止まってくれたタクシーに、唇を尖らせているジェフリーを乗せる。シートベルトもきっちり締めてあげてから、リアムもその隣に乗り込んだ。

「僕ぁ、辞めないよ。あそこが好きなんだ……。大丈夫、きっと彼も初日だから舞い上がっていたんだ。からかってるだけさ。こんなおじさんを本気で誘うわけないよ」

「ジェフリー。貴方《ほか》がそう言うのなら、本機は信じるだけです」

「うん……。信じて、明日からはうまくやれるよ……」

リアムの肩にもたれるようにして、ジェフリーは目を閉じる。リアムが運転手に住所を告げ車が走り出すと、隣から静かな寝息が聞こえ始めた。

赤い頬にかかっていた巻き毛をそっと指先で払って、リアムは愛しい人間の寝顔を眺める。初めて出会った時よりずいぶんとつやを失った肌と、目じりに浮いた皺。

ジェフリーは自分をおじさんだと謙遜していたが、その老いこそが、なによりも尊いものだとリアムは知っていた。

人間はアンドロイドとは違う。時が経つにつれ、不可逆の変化をしていく。だからこそリアムには、今この瞬間のジェフリーがとても大事で、愛おしいと思えるのだ。

その大切なジェフリーに食指を動かした、あの男の目を思い出す。

「からかっているだけ、には見えませんでした。本機はジェフリーを信じていますが、彼のことは信用できません。警戒だけは、させていただきます」

あの目に宿っていたのは『敵意』だ。

彼はなぜ、初対面のアンドロイドにあんな目を向けたのだろうか。

第三章　「あなたがそのきっかけをくれたから」

ジェフリーは、あまり恋愛経験が豊富なほうではなかった。深い仲になったのは。アンとリアムだけだ。

生まれてから四十四年間、誰かに猛烈に口説かれるような経験はしたことがない。リアムの、とても彼らしい、遠回しなアプローチしか知らなかった。

だから、ジェフリーはとても困惑していた。

「なあ、ジェフリーさん。今日こそはランチに付き合ってくれよ。いい店があるんだよ。あんたの好きそうなスイーツのおいしいカフェだぜ」

ロッカールームの出入口をふさぐようにして立つ、背の高いプロキシマ人が、白い歯を見せて笑っている。彼の自信満々な笑顔を見上げて、ジェフリーはすっかり困ってしまった。

ここ数日、ランチ休憩の時間になると、イーゴが必ず声をかけてくるのだ。

「い……いや、僕ぁ遠慮《ぼか》しておくよ」

「そう言うなよ。な、スコーンが特におすすめなんだ。好きだろ？　スコーン」

スコーンは、リアムが作ってくれるものが一番おいしい。わざわざカフェに行く必要なんかなかった。

ふわふわサクサクのスコーンに、こってりしたクロテッドクリーム。そして手作りのブルーベリージャム。リアムが作るスコーン、アメリカ風ではなく、イングリッシュスコーンだ。生地は少し甘さ控えめで、クリームとジャムを添えると最高に紅茶に合う。もちろん焼きたてが一番だが、少し冷めてしまっても十分おいしい。

「ほら、スコーン好きなんじゃねぇか」

にまりと笑うイーゴを見て、自分の頬が緩んでしまっていることに気がついた。口元を手の甲で隠して、彼から目をそらす。こんな時にもリアムのごはんのことを考えるとニヤニヤしてしまう食いしん坊な自分が、恥ずかしくてたまらなかった。

「あ、あのさ……どうして君は、毎日誘ってくれるんだい？」

「いろいろ、二人っきりで話してみたいんだよ」

意味深に言って、イーゴは目を細める。横向きの瞳孔が、きゅうっと窄《すぼ》まった。

数日前、義肢装具士見習いとしてアンのサポートをするために入ってきた新人職員。イーゴは、元プロキシマ軍で働いていたメカニックだ。

職員が集まった事務室に、工房長が彼を連れてきた時のことを思い出す。

ジェフリーが軽く自己紹介をしたら、彼は今のようにきゅうっと瞳孔を窄めてこちらを見下ろしてきた。その目が、なんだかこちらの胸の内を覗《のぞ》こうとしているようで、少し怖かった。敵側の軍属メカニックだったということも、ジェフリーを緊張させていたのかもしれない。

嫌われているのかと思ったら……。なぜか、その日の歓迎会からずっと口説かれ続けている。きっと冗談のつもりなのだろうが、どうしてその相手が僕なんだとうんざりしてしまっていた。

「いろいろって？　業務のことなら、僕よりアンのほうが詳しいよ、先輩だからね」

アンの名前を出すと、イーゴは少し怯んだように頬を引きつらせた。

アンはイーゴの教育係だが、すでに彼から恐れられている。アンはおおらかで明るく可愛らしい女性だが、非常に優秀なメカニックで根っからの仕事人間でもある。新人に対する教育も、当然とても厳しいのだ。

普段は、アンがうまくジェフリーからイーゴを引き離してくれているのだが、今日は通院のために午前休を取っていた。いつもよりイーゴの誘いがしつこいのも、アンがいないからだろう。

「いやぁ。アンさんはちょっと……それに、そういうのじゃなくって。ほら、お互い前職が同じだろ？」

ドキッとして、ジェフリーは一歩後ずさった。

もしかして、しつこく付きまとってくるのは好意からじゃなく、工房長の言うように敵対心からだろうか。

「あ、警戒してる？　違う違う、侵略軍のメカニックだったからって、別にあんた個人に恨みを持ったりはしてないさ。むしろ、だからこそ話をしてみたいっていうかさ」

「……いずれにせよ、僕の恋人はとっても嫉妬深いから、ほかの人と二人きりでランチなんかできないよ」

「恋人って言っても、アンドロイドだろ？　別に関係なくねぇか？」

こともなげに言うイーゴに、ジェフリーは少しいら立ちを覚えた。ジェフリーにとっては、リアムはただのアンドロイドではない。特別なアンドロイドだ。最近出会ったばかりの他人に、何が分かるのか。

「それこそ、君には関係ないだろ」

「はは、怒るなよ」

「怒ってないよ！」

「ランチがだめなら、俺の家でディナーなんてどう？」

「……ランチがだめでディナーがいいわけないでしょ！」

なかば無理矢理、イーゴを押しのけてロッカールームを出ようとする。しかし、がたいのいいイーゴはジェフリーが押してもびくともしなかった。それどころか微笑ましいものを見るような目で見下ろしてくるので、余計に力が抜けてしまった。

自分にリアムの百分の一でも腕力があればと悲しくなってくる。そうすれば、年下の男にこんな風にからかわれて笑われることもなかったのに。

「一緒に行くって言ってくれるまで、通さないぞ」

つんっとおでこを突かれて、なんだか抵抗するのに疲れてしまった。

そもそも、同僚と食事に行くなんて、たいしたことではない。彼が妙に絡んでくるから警戒してしまっていたが、別に取って食われるわけではないのだ。一緒にお昼ごはんを食べて、少し話をする。それだけだ。

そう自分に言い聞かせ、ジェフリーは首を縦に振った。

「分かったよ……。一緒に行くよ。でも今回限りだからね」

「ははは。そうか、それでいいよ。やったぜ。ゴネてみるもんだなぁ」

ゴネてる自覚はあったのかと、少し腹も立ったが後の祭りだ。

すっかり上機嫌なイーゴに連れられて、ジェフリーは工房を出る。スコーンがおいしいカフェと言われたので、てっきり駅近くの繁華街に行くのかと思えば、案内されたのは住宅街にある小さな喫茶店だった。民家を改造して作ったらしく、一見するとお店には見えない。ジェフリーがこの工房で働き始めて二年になるが、近くにこんな喫茶店があるのは知らなかった。

「へえ、よく見つけたね」

「ふふふ。そうだろ、俺はこう見えても、おいしいお店を見つけるのが得意なんだぜ」

自慢げに笑うと、イーゴはそっとジェフリーの腰に手を回してきた。そのまま、固まっているジェフリーをまるで女性をエスコートするようにして、席まで案内する。

彼が引いてくれた椅子に座ると、ジェフリーは冷や汗が出てきた。とてつもなく恥ずかしい。

カウンターの向こうでコーヒー豆を挽《ひ》いている、店主らしき老人がきょとんとした目でこちらを見ていた。こんなおじさんが、若い女の子のような扱いをされているのを見て、あの老人はどう思っただろう。

「い、イーゴ。僕《ぼか》ぁ、椅子くらい自分で引けるから」

「地球人はこうしてあげたほうが喜ぶって聞いたんだけどな。嬉しくなかった？」

「それは、相手が女の子の場合じゃあないかな……」

「ふうん。俺達はそういう区別がないから、よく分からねぇな」

小首を傾げてそう言うと、イーゴはジェフリーと向かい合うようにして椅子に腰かけた。

「そういう区別が無いって、性別が無いってこと？　僕、プロキシマ人の女性も見かけたことあるけど」

「ああ……。地球人類と違って、若いうちは女性形態で、成熟すると男性形態になるんだよ。ほぼ雌雄同体みたいなもんだから、女がどうとか男がどうとかって、なじみがなくてさ」

「へ……へぇ……そうなんだ……。知らなかったよ」

よく似ている地球人とプロキシマ人だが、やはりまったく違う種族なのだなとジェフリーは不思議な感慨を覚えた。血の色だけでなく、こんなにも体の作りが違うなんて。

目の前にいるがっしりしていて男らしいイーゴも、昔は女性のような見かけだったのかと思うと、とても不思議な気分だった。

「プロキシマ人の体に興味があるなら、見せてやろうか？」

にやにやしながら聞かれるが、必死に首を振って断った。好奇心はあるけれど、代わりに地球人の体を見せてなんて言われたらたまったものではない。リアムにバレたら、それは恐ろしい目に遭うだろう。

イーゴは以前にもこの店に来たことがあるのか、慣れた様子で店主にコーヒーとスコーンを注文してくれた。

挽きたての豆を丁寧に一杯立てで淹れたコーヒーと、三角形のスコーンをトレイに載せて供される。

この店のスコーンはアメリカンスコーンのようだ。ビスケット生地にはどっさりとチョコチップが練り込まれている。香ばしくて甘い香りがして、とても美味しそうだ。

「チョコたっぷりなところがいいだろ？」

そう言って、イーゴは大きな口を開けてスコーンにかじりついた。ザクッと小気味いい音がして、焦《こ》げたバターの甘い香りがより強くなる。すっかり腹ペコのジェフリーも、彼に続いてスコーンを口に運んだ。ザクザクしたビスケット生地と、甘くてちょっと溶けたチョコが良く合っている。

アメリカンスコーンを食べるのは、久しぶりだった。リアムと出会う前は、近くのコーヒーショップで買ってきて、晩ごはん代わりに食べたりしていた。

食べることが大好きなはずなのに、あの頃は腹さえ満たされたなら、それでいいと思っていたのだ。いつも余裕がなくて、地に足がついていなかった。

「うん。とてもおいしいよ」

でもやっぱり、リアムのスコーンのほうが好きかな。

その言葉は口に出さずに、コーヒーと共に喉の奥へ流し込んだ。さすがに、コーヒーはリアムが淹れてくれるものより香りがいい。いつもはすでに挽いてあるものをスーパーで買っているけれど、豆とミルを買ってみようかなと思った。

「そうか、気に入ってくれて良かった。あんたが好きそうなお店を、いろいろ探したんだぜ」

「どうして、そこまでして僕を誘ってくれたの？」

「言ったろ？　あんたに興味があるんだ」

そんな風に言われても、ジェフリーはピンとこなかった。特に興味を持たれるようなことをした覚えもない。

「こんなおじさんを、からかわないでよ」

「ははは。謙遜するなよ。……正直さ、俺は、以前からあんたのことを知っていたんだ」

突然の告白にぎょっとして、思わずコーヒーカップを取り落としそうになる。

「し、知ってたってどういうこと？」

「ああ。俺もあんたも、同じような仕事をしていただろう？　戦闘用のアンドロイドを作ったり、修理したりさ」

「それは……そうだね。僕も、そういうことをしていたけれど……」

「その仕事の一環でさ、捕縛した地球製アンドロイドを解析したりしてたんだよ。そうしたら、たまに変なアンドロイドが混ざってることが分かったんだ」

変なと言われて、思わず目が泳いでしまう。

確かに、心当たりは山ほどあった。ジェフリーは修理のついでに、アンドロイド達に戦闘には不要な機能を付けたりしていた。

それは、戦いばかりですさんでしまいそうな自分の心の平穏を保つためでもあり、アンドロイド達に戦い以外のことも知ってもらいたいという願望からくるものでもあった。

ジェフリーは直接見ることはできないけれど、どこかの戦場で、一機のアンドロイドが歌を歌っている。そんな想像をすると、少しだけ癒される気がしたのだ。

「倉庫に放り込んでたら、急に歌いだしたり。落ちてた木炭で落書きをし始めたり……そういう機体にどうしてそんなことをするのか聞けば、口をそろえて言うんだよ。『東谷《あずまや》先生に修理してもらってから、こういうことができるようになりました』とな」

「あ、あー……あはは」

「だから、ずっと直接聞いてみたかったんだ。どうしてあんなことをしたのか。そしたら、新しい職場にあんたがいたんだ。ジェフリー・東谷さん。運命だと思ったね。そりゃ、強引にでもデートに誘うだろう?」

「これはデートじゃないと思うけど。まあ、そうだねぇ……ちょっと納得したよ」

そういった理由なら、自分に興味があるというのも頷けた。恋愛対象としての興味ではないと分かり、ジェフリーは心底安堵する。

むしろ。はじめからそう言ってくれればもっと早く仲良くなれたのにとすら思った。

「どうしてって言われると、うまく説明できないんだけどねぇ。でも、楽しいと思ったんだよ」

「楽しい？　戦時中に？」

「いつだって、楽しさは大切さ。彼らにとってもね。毎日毎日、殺し合うことしかできないなんて可哀相《かわいそう》じゃあないか。彼らにだって、楽しみのひとつくらいあってもいいと思ったんだよ」

ジェフリーの返答に、イーゴはなんとも言えない複雑そうな顔をした。よく理解できない、という表情だ。

ジェフリーのかつての同僚たちも、同じような反応だった。変わり者だなと、面と向かって笑われたこともある。

でも、その変わった趣味のおかげでリアムと出会えたのだから、自分のしたことは間違っていなかった。少なくとも、今はそう信じている。

「彼ら、ねぇ。アンドロイドを人間みたいに思ってるんだな」

「そうだねぇ。僕《ぼか》ぁね、彼らも僕らもそう変わらないと思っているよ」

「ふうん……そうか」

テーブルに頬杖をついて、空いたカップの底を見つめながらイーゴはしばらく何かを考えている様子だった。そして、ふっとジェフリーに視線を戻すと、なんだか泣き笑いのような顔をした。目元が青く染まっている。薄い皮膚越しに、青い血が透けているのだ。

「思ってたより、面白い人だな。余計に、興味が湧いてきたぜ」

口ではそう言っているが、なぜか彼は傷ついているように見えた。

なにか、悪いことを言ってしまったかと心配になる。しかし、その妙な表情は一瞬で、すぐにいつもの明るそうな笑顔を取り戻していた。

「ああ、もうすぐ休憩時間が終わるな。そろそろ、行こうか。今日は奢るよ、誘ったのは俺だからな」

そう言ってウインクするイーゴに礼を言って、ジェフリーも席を立つ。きっと何かの見間違いだったのだろうと、そう思っておくことにした。

店を出て、二人で並んで歩き、工房へと戻る。ロッカールームで白衣に着替えると、ジェフリーは少しほっとしていた。

一緒に食事をして、話をしたのはいいことだった。

彼はジェフリーをからかおうとしていたわけではない。ただ、ジェフリーがいたずらをしたアンドロイド達の話を聞きたかっただけだった。それが分かっただけで、ずいぶん気持ちが軽くなった気がする。

これでもう、しつこく誘われることはなくなるはずだ。これからは、イーゴとも普通に仲良くできるだろうと思えた。

「じゃあ、明日は違う店に行こうぜ。予約しておこうか？」

しかし。すぐに、そんな期待は裏切られた。あっけにとられるジェフリーの頭をぽんぽんと手のひらで叩いて、イーゴはにやりと笑う。

「言ったろ。もっと興味が湧いたって」

「ちょっと待って！　今回だけって言ったろ!?」

「あんたも、嫌じゃなかったろ？　楽しんでたように見えたけど？」

「そ、そりゃあ……。でも、僕のリアムは嫉妬深いんだよ。だれかと二人っきりになったなんて知ったら、とても傷ついてしまうんだ。だから、だめだよ」

「傷つく？　アンドロイドは傷ついたりしないだろ。……俺は、人間とアンドロイドはまったくの別物だと思っているから、そいつに遠慮する気にはなれねぇな」

ついさっき彼と仲良くなれるかもと思えたばかりなのに。そんな考えが、吹き飛んでいくのを感じた。

「……なにしてるの、イーゴ。ロッカールームに入れないから退いてくれる？」

「あう！　あ、アンさん」

呆れた声と共に、イーゴの膝裏を誰かが蹴った。かくんと体勢を崩したイーゴが、しまったという顔で振り返る。そこには、なんだか機嫌のよさそうなアンがいた。ちょうど今出勤してきたところのようだ。彼女が来てくれてよかったと、ジェフリーは安堵する。

「あ、ジェフリー！　ちょうどよかった。これ見てよ」

しょんぼりした顔でイーゴが道を譲《ゆず》ると、アンがロッカールームに入ってきてジェフリーに満面の笑顔を向けた。そして、何か黒い紙きれを肩から提げたカバンから取り出す。それをひらひらとジェフリーの顔の前で振ってから、広げて見せつけてきた。

「なんだい？　……なあにこれ、モヤモヤしたのしか写ってないけど」

「エコー写真よ。見てみて、この小さいの。これが私の赤ちゃん」

「え。この、ちっちゃいつぶが？」

「そうそう」

白黒の写真には、ぼんやりとではあるが小さな命の形が写っていた。それを見て、ジェフリーはどきりとする。アンの無邪気な笑顔が、ジェフリーの胸をちくりと刺した。

どういう意図でこれを見せてくれたのだろう。もしかして、当てつけだろうかと邪推してしまいそうになってしまう、ネガティブな自分が心底嫌になった。

「今日撮ってもらったの。心音も聞こえたのよ」

「そ、そう。順調そうでよかったね」

「どれどれ、俺にも見せて……おお、地球人の胎児ってこんな感じなんだ」

「プロキシマ人は違うの？」

「ああ、俺たちは卵生《らんせい》だから」

アンの機嫌がいいことで調子を取り戻したイーゴが、ジェフリーに顔を近づけて一緒に写真を覗き込んできた。そして、さりげなく肩に手を伸ばしてくる。

「なあ、ジェフリーさんも、子ども欲しいって思うことないか？」

不意にそんなことを問われ、ジェフリーは困惑した。アンはハッとした顔で、エコー写真をカバンにしまう。そして、バツが悪そうな表情でジェフリーを見た。悪いことをした、余計なものを見せたと思っているようだ。

アンにそんな顔をさせてしまったことも、イーゴの手を振り払うことも、問いかけに即答することもできずにただ棒立ちになっている自分自身にも、ジェフリーはショックを受けていた。

「イーゴ、やめなさいよ」

「でもさ、アンドロイドには子どもは作れないだろ」

「だから、なんだって言うのさ！」

「やっぱり、アンドロイドとは本当の夫婦にはなれねぇって事だよ。あんたには、人間の恋人もいたほうがいいんじゃあないかな。例えば俺とかどうだ？」

ニコニコしながら、そんな事を言ってくるイーゴがとても不気味に見えた。

たった一回一緒にランチに行っただけなのに。たいして仲が良いわけでもない出会ったばかりの男に、なんてことを言うんだろう。同性だからセクハラにならないとでも思っているのだろうか。

文句を言ってやろうと思うが、汚い罵倒《ばとう》の言葉なんてジェフリーの語彙《ごい》にはなかった。口をぱくぱくさせるだけで、うめき声しか吐き出せない。

「ちょっと、ジェフリーが困ってるでしょ」

言い返すことができないジェフリーを見かねたのか、アンはイーゴをジェフリーから引っぺがすと、二人の間に割り込んで柳眉《りゅうび》を逆立てた。

そんなアンの姿に、イーゴは大げさに肩を竦めると、両手を上げて降参のポーズを取る。やれやれ、とでも言いたげだ。

「うーん……困らせたいわけじゃないんだけどなぁ」

「もう。あんまりしつこいと、工房長に相談するわよ。さあ、ジェフリー。この子には私が言っておくから、あなたは顔でも洗ってきなさいよ。ひどい顔になってるわ」

アンに押し出されるようにして、ジェフリーはロッカールームから飛び出した。しばらく呆然《ぼうぜん》としていたが、突っ立っているわけにもいかないのでとぼとぼと歩き出す。

（……僕《ぼか》ぁ、なんて情けないんだろう。イーゴに毅然とした態度を取れないし、アンにかばってもらって……）

そして、家に帰ればリアムにすべてを満たしてもらって生きている。

急に、自分の足元がぐらついてしまったような気がして、ジェフリーはその場にしゃがみ込んだ。

「こんな僕が……親になんてなれるわけないじゃあないか。リアムなら、いい親になれるんだろうけど……」

独りごちて、ジェフリーは苦笑した。自分の吐いた言葉で、心が切り刻まれる。

二年前、リアムを失いかけた時から、なにも変わっていない。甘ったれな自分に、ジェフリーはすっかり嫌気がさしてしまっていた。


クリスマスが近づいてくると、街はまるで夜を忘れてしまったかのように明るくなる。街路樹を彩《いろど》るイルミネーションが、いたるところに飾られたツリーが、競い合うように光り輝いているからだ。

リアムとジェフリーの家のリビングにも、小さなツリーを飾ることにした。去年のクリスマスに、二人で選んで買ったものだ。ジェフリーの背丈ほどの高さで、二人暮らしのリビングに飾るのにちょうどいい、こぢんまりとしたものだ。

「ねえ、リアム。オーナメントってどこにしまってたっけ」

ツリーと一緒に買ったツリー用の飾りがみつからず、ジェフリーは困ってしまっていた。物置に頭を突っ込んで探していたのだが、髪がほこりっぽくなってしまっただけだった。しかたなく、ツリーの組み立てをしているリアムに声をかける。

丁寧にツリーの枝を広げて見た目を整えていたリアムが、ジェフリーの声に手を止めて振り向いた。

「ジェフリーの寝室のクロゼットの中です」

「あれ。物置じゃなくて？」

「はい。昨年、ジェフリーがそこに置きたいと言ったので」

「ああ……そういえば、そうだっけ」

すっかり忘れていた。去年はクリスマスが終わってしまうのが寂しくて、せめて残り香を感じていたくて自分の寝室にオーナメントの箱を置いていたのだった。

さっそく、クロゼットから箱を引っ張り出して、ツリーの傍へと持ってくる。箱を開けてみれば、まるで宝石箱を覗いたかのようにわくわくした。キラキラと輝くトップスター、ツリーに巻くためのＬＥＤライト、そしてシンプルで可愛らしいウッドオーナメント。

思わず、口元が緩んでしまう。

そんなジェフリーの髪を、リアムの指がついついと引っ張った。どうやら、頭についたほこりを取ってくれているようだ。

「ああ、クリスマスが待ち遠しいよ。そうだ、七面鳥も焼いてくれる？」

「ジェフリーが望むのなら。でも、食べきれますか？」

「うーん……」

リアムは食事を摂ることができないため、たくさんごちそうがあっても食べるのはジェフリー一人だけだ。

食べることが大好きなジェフリーだが、決して大食漢ではない。丸焼きの鳥一羽分は、食べられないかもしれない。

「……そうだねぇ。残念だけど、お腹いっぱいになっちゃうから七面鳥はあきらめようかな。リアムが作ってくれるクリスマスプディングも食べたいし」

「代わりに、ローストビーフを作りましょう」

リアムの提案は素敵だった。分厚く切ったローストビーフを食べられるなら、七面鳥への未練も忘れることができそうだ。

クリスマスのごちそうの話をしながら、二人でツリーを飾り付ける。

こうしていると、二年前の今頃を思い出す。家出してしまったリアムを、あのアンドロイドの墓場に迎えに行った日だ。

寒さに震えながら一人でオリビアの街を歩いていた時、リアムとクリスマスを楽しむはずだったのにと、彼を失ってしまった悲しみに暮れていた。もし、あの時アンから電話がかかってこなくて、リアムが自分を待っているかもしれないと思い至らなければ。今も一人きりのままだったのだろう。

そして、リアムは今もくず鉄の下に埋まったままで、ジェフリーを待ち続けていたはずだ。

そう思うと、ぞっとする。

「今日は、とても機嫌がいいですね。ジェフリー」

「え？」

「最近、あまり元気がありませんでしたから」

確かに、最近悩み事が多くて気分が優れなかった。相変わらずイーゴからはしつこく誘われているし、アンはエコー写真の一件からジェフリーに子どもの話をしなくなり、なんとなく距離を置かれているように感じる。

家でリアムと一緒にいるときは気が休まるのだが、ふとした瞬間に考えてしまうのだ。こんなにも情けない自分が、本当にリアムを幸せにしてあげられているのだろうかと。

しかし、そういった悩みをリアムに話したりはしなかったし、表情に出さないように気をつけているつもりでいた。それを見透かされていたと知り、恥ずかしくなって俯いて手の中のオーナメントを見つめる。

雪の結晶の形をした、白くて小さな飾りだ。すっと、リアムの手がそれに伸びてきて、ジェフリーの手のひらから摘み上げた。器用な手つきでツリーの枝にくくりつける。

「……リアムには、全部バレちゃうんだねぇ」

「本機は、ジェフリーだけを見ていますから。ささいな変化も分かります。困っていることがあるなら、すぐに相談してください」

「そうだね、ごめん……隠してたわけじゃあないんだ。でもね、僕自身の問題だから、君に心配をかけずに自分で解決すべきだと思うんだ」

できるだけ心配をかけないように、明るく笑ってそう言った。リアムは何も言わずに、そんなジェフリーをじっと見つめていたが、やがてツリーに飾られたトップスターへ目線を移した。キラキラと輝いている金メッキの星に、リアムのアイセンサーの光が映っている。

「……ジェフリー。クリスマスのプレゼントのことですが」

急に話題を変えて、リアムが呟《つぶや》いた。少し彼らしくないと思ったが、これ以上この話をしたくなかったジェフリーは内心胸を撫で下ろした。

「プレゼントなんて、僕《ぼか》ぁいらないよ。君には料理を全部作ってもらうんだし、それがプレゼントってことでいいからね」

「いいえ。本機から、リクエストがあるのです」

「えっ！」

ジェフリーは思わず耳を疑った。

リアムから、リクエストをもらえるなんて。それは、とても嬉しいことだった。

「なぁに？　ほしいものがあるのかい？　それとも、なにかしてほしいの？　僕《ぼか》ぁ、君のためならなんでもするよ」

基本的に、アンドロイドには欲望というものがインプットされていない。物欲も、食欲も性欲もないのだ。リアムはジェフリーとの行為のために『快感』は覚えるように改造されているようだが、自分の欲求のためにジェフリーを求めたりはしない。

今までも、欲しがった物は全部ジェフリーのためのものだった。

はじめてリアムに本当のプレゼントができると舞い上がったジェフリーは、リアムの腰に抱きついて彼の言葉を待った。

「本機に、このカタログに載っている機能を付けていただけませんか」

そう言って、リアムは小さく折りたたまれた紙をエプロンのポケットから取り出すと、ジェフリーの手のひらにそっと載せた。

広げてみると、それはアンドロイドのカスタムパーツのカタログをちぎったもののようだった。

「なに、こ……れ……」

そこには、セクサロイド用の特注部品のことが書かれていた。

『彼を、彼女を、パートナーとして選んだ貴方にも、親になるという選択肢を』

そんなキャッチコピーと共に、セクサロイドのお腹に取り付ける人工子宮の説明と、写真が掲載されている。

なんの冗談なのだろう。意味が分からず、しばらくその紙きれを凝視していたが、だんだんとリアムが言いたい事が理解できてくると、体が震え出すのを感じた。

「——り……リアム……」

「はい」

「これ、なんの……つもりなんだい……？」

「ジェフリー。本機は、貴方の希望を全て叶えたいのです」

「僕の……希望？」

冷たく硬いリアムの手のひらが、そっとジェフリーの腹を撫でた。優しい手つきでお臍《へそ》のあたりに触れられると、それだけでぴくりと腰が震えてしまう。

「ジェフリーが人工子宮を付けるという方法もありますが、手術が必要ですし体に負担がかかります。本機を母体にするほうが安全でしょう」

「待って、待って……違うよ！　そうじゃない！　子どもなんて話、どこから」

「欲しかったのでは、ないのですか？　悩んでいたのは、そのことでしょう」

心の奥を見透かされたような気がして、ジェフリーは後ずさった。思わず、手にした紙切れを取り落とす。ひらひらと床に落ちたそれから、目が離せない。リアムの目を見るのが怖かった。

「ちがう……」

「やはり本機を改造することに嫌悪感があるのでしたら、養子という方法もありますが、我々の家庭環境ですと審査が通らないでしょう」

「そうじゃないったら！　君は、そのままでいいんだ！　僕《ぼか》ぁ、君とずっと」

言いかけた言葉を飲み込んだ。

『君とずっと、二人で一緒にいられればいい』

そんな事は不可能だ。

アンドロイドであるリアムは、メンテナンスさえすれば半永久的に生き続ける。しかし、人間は違う。時が経つにつれて、じわじわと老いていく。

時間の流れが違うリアムを、ジェフリーはじわじわと置いていってしまうのだ。ジェフリーを満たすことが使命だと言ってくれている、そんなリアムを。

でも、子どもがいたら。ジェフリーと同等かそれ以上に、リアムにとって大事だと思える人ができれば。

自分の寿命が尽きたあとも、リアムに寂しい思いをさせずに済むのではないだろうか。

アンの妊娠を知ってから、頭の片隅にそんな考えがあったことは否定できない。

そんな情けない自分を、リアムには知られたくなかった。

「……とにかく、手術とか、改造とか。そういうことをしてまで僕らの間に子どもは必要ないよ」

「しかし、子孫を残すことは、生物の最大の目的です。本機と夫婦になったがために、ジェフリーが得られるはずのものを得られないということは、あってはなりません」

「い、生物《いきもの》って……まあ、人間も動物だけどさぁ……」

「問題は、手術や改造なのですか？　その倫理観が問題なのでしょうか」

イエスともノーとも言えず、ジェフリーはただ黙ってリアムの目を見つめ返した。

どう答えても、リアムを傷つけてしまいそうだったからだ。そっと、リアムの胸に手を添える。セーターとエプロン越しに、冷たく硬い鋼鉄の感触。この中には、温かい心がある。

ジェフリーには、今のリアムはいつもと様子が違うように見えた。つるりとした頬も、ギザギザの口もいつも通りで、鋼鉄の異相は顔色なんて変わらないけれど。

二年前、ジェフリーの不用意な言葉で、家出をしてしまった時のように、深く傷ついているように思える。

「ねえ、どうしたんだい……。急にこんな話をするなんて。リアムのほうこそ何か悩んでいるの？」

「いいえ。アンドロイドは悩みません」

リアムの胸に添えた手に、彼の手が重ねられる。

「我々は、感情に左右されずに、最適な取捨選択をすることができます。だから、悩んだりはしません。ジェフリーに必要なものを本機が与えることができないのなら……」

そこで一度言葉を切ると、リアムはジェフリーから目を逸らした。つるりとした鋼鉄製の横顔には、なんの表情も浮かんでいない。しかし、ジェフリーには、リアムが言葉とは裏腹にためらっているように思えた。

「本機以外の……人間と、関係を持ち子作りしていただいてもかまいません」

血の気が下がる音が、はっきりと聞こえた。さあっと、頭からつま先まで、冷たいものが駆け抜けていく。

めまいすらした。目の前にいる、誰よりも大事なアンドロイドが、どんな思いでその言葉を口にしたのか想像すると震えが止まらなくなる。

同時に、ひどく腹が立った。

彼は、いつもそうだ。ジェフリーが最優先だと言うくせに、本当は自分の気持ちを全く分かってくれない。そんな苛立ちと焦燥感《しょうそうかん》に任せて、リアムの胸を突き飛ばした。しかし、リアムの体はびくともせず、ジェフリーのほうが弾かれてたたらを踏んでしまう。

「大丈夫ですか、ジェフリー」

「バッ……バカだよ！　バカだよ、君はッ！」

情けなくて、悔しくて。涙が溢れて止まらない。頬を伝って、顎から滴り落ちるのを、拭う気にすらならなかった。

「ジェフ」

「黙って！　やめてくれ……今は、何も言わないでくれよ……僕《ぼか》ぁ……」

「……」

何か言いかけたリアムを手で制する。すると、リアムは本当に黙り込んだまま、ぴくりとも動かなくなってしまった。しばらく、静止したままのリアムを見ていたが、微《かす》かなモーター音が聞こえてくるだけだった。

きっと、黙ってと言ったから、素直に従ってくれているのだろう。

ゆっくりと後ずさりをして、ジェフリーはリアムから距離を取った。そして、自分の部屋に戻ると、クロゼットからコートを取り出して羽織る。

「少し、頭を冷やそう……。お互いにね。……ねぇ、君が言ったようなことが、本当に僕らに必要なのか考えて。君は本当に、僕にそうしてほしいの？　君が、どうしたいのか……考えてよ」

それだけ言い残して、ジェフリーは玄関から飛び出した。

リアムが追いかけてくれれば、すぐに追いつかれてしまうだろう。だが、ドアが開いてリアムが出てくる気配はなかった。

後ろ髪を引かれつつ、ジェフリーはイルミネーションに彩られた街へ向かい、雑踏へと紛れ込んだ。

今だけは、自分を知らない人たちの中に、埋もれていたかった。

第四章　「自分の中の答えを知った」

「え!?　い、家出!?」

素っ頓狂な声をあげて、スチュアートは手にしていたタンブラーを取り落とした。中身のコーヒーが、休憩室の床に飛び散る。

「はい。土曜日の夕方に出ていったきり、戻ってきません」

「ええっ……あのふらふらしたおっさんが三日も？　一人で大丈夫なのか？」

「ジェフリーは自立した成人男性ですから。三日ほどの外泊なら、さほど問題はないはずです。財布は持って出ていたようなので、近くのホテルに泊まっているはずです」

本当は、ジェフリーがどこのホテルにチェックインしているかもちゃんと『聞いて』確認している。

迎えに行こうと思えば、いつでも行けるのだが、そうすべきではないと判断していた。

ジェフリーに問われたことの、答えをまだ見つけ出せていないからだ。

土曜にジェフリーが出ていってしまってから、思考を巡らせて、今日も仕事中ずっと考えていたが、ジェフリーが納得してくれそうな言葉とはどんなものなのか、全く見当もつかないままだ。

「っていうか、なんで家出しちゃったんだよ。アレ渡さなかったのか？　ほら、俺が持ってきてやったカタログの」

「はい。見せました。しかし、ジェフリーは喜んではくれませんでした」

「そっかぁ。それで、なんで喧嘩になったわけ？」

掃除用具入れに頭を突っ込んでダスターを取り出し、床を拭いているスチュアートを手伝う。幸い、休憩室はプレハブで床も樹脂製なので、掃除は簡単そうだった。

「分かりません」

「分かんないんじゃ、仲直りしようがねーじゃん」

「そうですね」

中身を失い床に転がっていたタンブラーを摑んで、テーブルの上に置く。左手に嵌めていた軍手が汚れてしまったので外すと、薬指にはタングステンのリングが光っていた。同じ指輪が、ジェフリーの同じ指にも嵌められている。

二年前、ちょうどこの場所で、同型機と共に埋まっていたあの日。

ジェフリーの声に導かれて地上へ這い上がり、左手の薬指に彼の指の温かさを感じた瞬間。あの時から、ジェフリーを幸せで満たすことだけがリアムの目的だった。

だが、ジェフリーを泣かせてしまった。また何か間違えたのだろうか。

「……ジェフリーに、言われました。本当に本機とジェフリーにとって必要なことなのか。本機がどうしたいのか、考えてほしいと」

ジェフリーのために何が必要なのかは、すぐに計算ができた。しかし、リアム自身がどうしたいのかなどと聞かれると、まったく判断ができない。

「本機は戦闘用アンドロイドです。人間のような情緒はありません。何かを望む、ということはありません。どうしたいのかと言われても分からないのです」

「えっ！　お前、それ本気で言ってるの？　嘘だろ？　あはははは！」

すると、なぜかスチュアートは腹を抱えて笑い始めた。なぜ彼が笑っているのか分からず、リアムはただ楽しげなスチュアートを眺めているしかない。ジョークを言った覚えもないし、そもそも冗談なんて言えないのだがと、リアムは首を傾げた。

「ごめん、まじめな話なのに。だ、だってさ。お前、めちゃくちゃ欲深いしわがままなのに、情緒がないとか言うから」

「それは、悪口なのでしょうか」

「違う違う！　いい意味でだって」

「本機はわがままなど言ったことはないと記憶していますが」

「怒ってる？　ごめんって。でもさ。お前、いっぱいわがまま言ってるし、いろんなものを欲しがってきたじゃん」

この若い人間は、これまでのリアムの言動の何を見て『わがまま』と認識したのだろうか。それが全く分からない。スチュアートと出会ってからの記録を解析してみるが、やはりわがままを言ったことなどないと断言できた。

「なあ、ジェフリーさんと結婚したいって望んだのもリアムだし、指輪をサプライズで渡して驚く顔が見たいって思ったのだってそうだろ。ジェフリーさんのためってだけじゃなく、自分がしたくてしてきたはずじゃねぇか」

それらを自分の希望とも、わがままとも認識していなかった。全てジェフリーを喜ばせるためだけの行動で、他意は存在しない。そのつもりだった。

しかし、はたから見ればそうではないのかもしれない。

「そもそもさ、誰かのことを好きって気持ち自体が欲望だろ。それに、喜ぶ顔が見たいって思っていろいろするのも、それって結局やったほうのわがままでもあるんだよ」

ジェフリーを好きだという事実自体が、欲望。

それは、大砲で下半身を吹き飛ばされた時以上の衝撃だった。今までの認識を覆《くつがえ》されるような感覚。一気に、リアムの中で再計算が始まる。その前提でこれまでの行動を確認しなおせば、相当欲深いと言わざるをえない。

「り……リアム？　え、どうした。大丈夫か？」

処理が重くなりすぎて、一度再起動する。すると、スチュアートが青い顔で縋りついてきた。

どうやら、故障したとでも思われてしまったようだ。

「……訂正します。本機は非常に欲深くわがままです」

「あ……うん……」

「しかし、ジェフリーは今まで、スチュアートのようなことは言いませんでした」

「そりゃ、ジェフリーさんはいろいろしてもらってる側だし、リアムにべたぼれだからなぁ」

納得して、リアムは頷いた。スチュアートは第三者だから、冷静な分析ができていたのだ。

「スチュアートのおかげで、本機自身がどうしたいかということが分かりました」

「そっか、よかったな！　明日からクリスマス休暇取るんだろ。さっさと仲直りしちゃえよ。ごちそうを食べ損ねたら、ジェフリーさん臍まげちゃうぞ」

リアムは、初めてジェフリーに会った時のことを思い出す。

あの時からずっと、東谷先生に会いたいから完全には壊れたくない、少しだけ故障してしまえればと、そう思って戦っていた。それこそリアムが初めて覚えた欲望で、最初のわがままだったのだろう。

それならば、はじめから答えはひとつだったのだ。

第五章　「あなたに伝えたいことはひとつだけ」

壁にかけられたカレンダーを見て、ジェフリーはため息を吐いた。

自分の作業台の上には、精巧に作られた義肢がある。腰から下の両足と、その間にある男性器。まだ人工皮膚を貼っていないから、まるでアンドロイドの下半身のように見えた。

事故で半身不随になった青年の依頼で作っているのだが、神経を繋げれば感覚も戻るし排せつや性交も可能になるハイグレードなものだ。こういった義肢は、依頼者の体型を正確に採寸し、精密な計算で作られる。この義肢に換装したあとも、彼の身長は以前と一ミリも変わらないだろう。事故に遭う前と変わらない生活が送れるはずだ。

「クリスマスには間に合わないかなぁ……」

それは、この義肢の完成が、ではなかった。納品は年明けの予定だ。

リアムと口論になり、家を出てから三日。いまだにリアムからはなんの連絡もない。メールの一本も届いていなかった。

自分から家に帰るべきなのかもしれない。だが、今度はリアムから迎えに来てほしい。それは、ジェフリーのささやかな意地だった。

「……早くしてくれないと……僕《ぼか》ぁもうギリギリだよぉ……」

しかし、ジェフリーはすっかりホームシックにかかっていた。リアムの作ってくれる温かい食事が恋しくてたまらないし、リアムに触れたくてもう耐えられない。

さらに、財布にあまりお金を入れていなかったため、今夜からはホテルに泊まることすらできなかった。

アンの家に泊めてもらえないかとも思ったが、彼女は実家に帰って両親とクリスマスを過ごすことにしたようで、すでに工房を出ていってしまった。

かつての義両親にはそれなりによくしてもらっていたが、離婚して別のパートナーがいる今になって遊びに行くような関係ではない。

明日からは工房自体が休みになるが、幸い残業したいからと言って工房長からカギを預かっている。このままここで朝まで時間を潰すしかないかなと、背もたれに体を預けて手足を伸ばした。

腕につけた時計を見れば、二十時を回っている。リアムは、とうに家に帰っているはずだ。

「……寂しいなぁ……」

二階の窓からは、家路を急ぐ人々の群れが見えた。

座椅子の上に、膝を抱えて座りなおす。

くうっと、お腹が鳴った。しかし、食べ物より別のものが欲しい。今ジェフリーが求めているのは、鉄の味がするキスだった。

「……あれ。ジェフリーさん？　まだ残ってたのか？」

作業部屋の入口のほうから声がして、驚いて顔を上げる。そこにいたのは、とっくに帰宅したはずのイーゴだった。もともと青白い顔が、余計に青くなっている。地球人でいうと、寒さで顔が赤くなっているような状態だろう。

寒そうに震えながら部屋に入ってくると、暖かい室内にほっとした様子でコートを脱ぎ、自分の椅子に引っかけた。

「ど、どうしたんだい？　帰ったはずじゃ」

「まあね。でも、今日は家にいたくない気分だったんだ。ここで機械いじりでもしてるほうがいいなって思ってな……誰か残ってねぇかなぁって期待してたんだけど、あんたがいたなら来てみてよかったぜ」

「家にいたくなかったって、どうして……？」

「……クリスマスって、あんたらには祝日なんだろうけど。俺たちにとっては、なんの思い入れもない平日さ。だから、浮かれた気分にはなれないんだよ」

言われて初めて気がついた。プロキシマ人にとっては、クリスマスもイースターもハロウィンも、本来はなんの意味もない日なのだ。それが、ほんの数年前に突然祝日になった。

彼らが敗けたから。

クリスマスを楽しむ地球人たちを見て、複雑な感情を抱いても無理はない。

「ジェフリーさん、あんたこそどうしたんだよ。地球人にとっては、クリスマスは大事な日なんだろ？　家で愛しのアンドロイドがごちそう作ってくれるんじゃあないのか」

「まあね……。でも、ちょっとね」

「喧嘩でもした？」

「うん……悪いのは、僕なんだって分かってるんだけどね」

「じゃ、謝ればいいんじゃねぇの？」

「そうできれば、簡単なんだけど……」

ふうんと、イーゴはつまらなそうに鼻を鳴らした。そして、作業場の隅に置かれているコーヒーサーバーへと向かう。二人分のコーヒーを淹れて、ジェフリーの机の上にそれらのカップを置いた。

湯気が立つコーヒーに、そっと手を伸ばす。安物の豆の匂いが、余計に空腹感を煽った。

「それにしても、アンドロイドと喧嘩か」

「きっと、君はくだらないって思うんだろうね」

面白くなさそうに呟くイーゴを横目に睨《にら》んで、コーヒーを一口啜《すす》る。しかし、意外にも彼は苦笑しながら首を横に振った。

「そうでもねぇさ」

ジェフリーの机に腰掛けるようにして、彼もコーヒーに口をつける。ふーっとため息を吐いてから、少し目を細めてジェフリーを見下ろしてきた。その横向きの瞳孔には寂しさがにじんでいるように見える。

「どうして、俺があんたに興味があるかって話したっけ」

「僕の修理したアンドロイドに会ったから、でしょう？」

「そうそう。あの歌を歌うやつさ……。あいつ、はじめは地球の歌しか知らなかった。でもな、誰かが俺らの故郷の歌を教えて、どんどんレパートリーが増えていってな。しだいに、みんな、あいつの歌を聴くのが数少ない楽しみになってた。くそったれな戦争が、最低の結末で終わろうって時に。あいつの歌は、救いだった」

遠い敵地で、ジェフリーが想像したとおりに、アンドロイドが歌を歌っていた。

そして、それが誰かの心を動かしていたなんて。少し怖いような、感動しているような、不思議な感情がジェフリーの胸に溢れる。

今の気持ちをうまく言葉にできず、ジェフリーはただ黙ってイーゴの目を見返した。彼がゆっくりと瞬きをすると、透明なまつ毛が揺れる。

「みんなあいつが好きだったよ。俺もな。だから、あんたがあのアンドロイドを大事に思う気持ち、本当は少し分かるんだ」

「じゃあ……どうして……」

「アンドロイドを軽視するようなことを言ったか、だろ。それも、本心なんだよ」

空になったコーヒーカップを、イーゴは床に放り投げた。

ゴンっという重い音がして、ころころと床を転がっていく。割れるのではと思わず足元のカップに目を奪われていたが、大丈夫そうでホッとしてイーゴのほうへと視線を戻す。

すると、その一瞬でイーゴに距離を詰められていた。鼻先が触れ合いそうになり、慌てて顔を引こうとする。しかし、肩を掴まれて逃げられなくなる。

「やっ、やめ」

自分よりはるかに体格が良く若い男の手は、力強くて怖かった。リアムの手とは全く違う。やわらかく温かい肉でできているのに、優しさを感じない。指先が食い込んで、痛みすら感じた。

「い、痛いっ」

「あんたも、俺と同じ仕事をしてきたんだ。分かるだろ？　直して、壊して、また直して。兵器として扱ってきたはずのものが、歌を歌って、俺達を慰めてくれるような存在だったなんて。知りたくなかったんだ」

ごく至近距離で見るイーゴの目は、冷たくて、悲しい色をしていた。

こういう目を、よく知っている。

ほんの数年前、戦争が終わるまでは、たくさんの人がこういう目をしていたのだ。

母を失った頃は、同じ目をした男が鏡の向こうにもいた。

「あんたのアンドロイドに、出会わなければ……気づかずに済んだのに……。ただの心のない兵器じゃないなら……俺らがやってきたことって、とても残酷じゃねぇか」

震える声でそう言って、イーゴはジェフリーの肩から手を離した。両手で顔を覆うと、小さくうめいて俯いてしまう。

嗚咽《おえつ》は聞こえてこないが、肩が震えていてまるで泣いているように見えた。

そんなイーゴを見て、自然とジェフリーの手は彼の頭へと伸びていた。リアムがそうしてくれるように、そっと撫でる。プロキシマ人の髪は、見た目より硬くてつるつるしていた。イーゴが驚いたように顔を上げる。その顔は、真っ青だった。

「ごめんね。僕《ぼか》ぁ、自分のしたことを深く考えていなかった……」

単なる気まぐれ、ちょっとした悪戯。戦うことしかできないアンドロイド達に、少しでも楽しみを与えてあげたかっただけ。

だが、もしかしたら。イーゴが言うように、とても残酷な事をしていたのかもしれない。

「むしろ、リアムが料理上手だから、いいことをしたとしか思ってなかったんだよ。それが、君を迷わせて……苦しませていたなんて……悪いことを、したねぇ」

リアムに出会えて、今幸せに暮らせているのは、まぎれもなくあの悪戯《いたずら》のおかげだ。だから、自らの行いを悔いたりはしないけれど、イーゴに対しては深い憐憫《れんびん》の情を覚えていた。

「っ……」

その横向きの瞳孔で、イーゴはじっとジェフリーの目を見返してきた。だが、その視線はジェフリーをすり抜けてどこか遠くを見ているように思える。

気まずい沈黙が、数秒間二人の間を流れた。

その空気に耐えられなくなったかのように、イーゴは小さくため息を吐いてから、口元を笑みの形に歪めた。

「いや、謝ってもらうようなことでもねぇしな……。俺こそ、変なこと言って悪かった」

照れくさそうに苦笑して、イーゴは頭からジェフリーの手をそっと払いのける。

年下とはいえ、大の男をつい子ども扱いしてしまったが、よく考えれば失礼だったかもしれない。ジェフリーもバツが悪くて、頭を掻いてへらりと笑った。

「ただ、俺は出会う前からあんたに興味があって、特別な地球人だったたって話なんだ」

「そ……そう、なんだ」

そういえば、そういう話をしていたのだった。

冷たい髪を触ってしまった手を、握ったり閉じたりする。迂闊に頭を撫でたりしないほうが良かったかもしれないと、さっそく後悔していた。

「なあ、俺はあんたがかなり気に入ったんだ。アンドロイドの彼氏と喧嘩したならさ、俺と付き合ってみてくれねぇかな」

聞き飽きた口説き文句に、ジェフリーは口を尖らせて呻《うめ》いた。イーゴを嫌いだとまでは思わないし、自分のせいでつらい思いをしたのなら同情もするが、それとこれとは話が別だった。

「べつに、アンドロイドの彼と同時進行でもいいぜ。アンドロイドとなら『二股』って感じでもねぇし」

「悪いけど、僕《ぼか》ぁリアム以外の人と付き合ったりする気はないよ。二股なんて、ありえない」

「でも、アンドロイドとじゃあ子どもは作れないだろう。でも、俺ならあんたに子どもを抱かせてやれる。なあ、俺と子作りしてみないか」

突然の申し出に、ジェフリーは目を丸くした。

付き合うことを拒否されたのに、子どもを作ろうなんて。どうしてそういう発想になるのか分からない。

「髪を触るのは、俺らの間では求愛行動だって言ったらどうする?」

「そ、そうなの!?　いや、ごめん!　僕《ぼか》ぁそんなつもりは」

「嘘だけど」

「ええっ?」

混乱しかけたジェフリーに、イーゴはにやりと不敵な笑みを向けた。そして、自分のズボンの尻ポケットをまさぐると、何か筒状のもの摑《つか》んで取り出した。

大きさは、テレビのリモコンくらいだろうか。きれいな乳白色で、つるりとしていて透明感がある。

「な、なにそれ」

「なにって、……そうか、地球人はコレを知らないのか。コレはな、精莢《せいきょう》ってやつだ」

「せ、せいきょう?」

「精子が入ってるカプセル」

「ひぇ!」

思わず悲鳴を上げて、ジェフリーは身を竦《すく》めた。あろうことか、イーゴはその精莢で、つうっとジェフリーの太ももを撫でてきた。

「うわああ! ばっちい!」

「ば、ばっちくねぇよ! 清潔だから」

「そういう問題じゃあないよ!」

中に他人の精子が入っているなんて。それだけで触るものためらわれて、振り払うことができない。すっかり腰が引けて抵抗できなくなっているジェフリーに気をよくしたのか、イーゴはそのカプセルでお臍のあたりをつついてきた。

「やっ、う」

「これを腹の中に入れるとな。地球人と俺たちでも子どもができるんだぜ」

「そんな、だって種が違うのに」

「俺達は、あんたらと違って異種間交配ができるんだよ」

ぐりっと臍のくぼみを押されて、思わず甘い声が漏れそうになる。そこはリアムに開発されてしまって、ジェフリーの性感帯のひとつになっていた。椅子ごと体を離そうとしたが、背もたれを摑まれて引き止められる。椅子とイーゴのたくましい胸板に閉じ込められてしまった格好だ。

今更だが、ジェフリーは危機感を覚えた。

まさか、強硬手段に出てくるとは思わなかった。

イーゴはしつこいし口は悪いが、嫌がる相手に無理矢理なことをするような男とは思っていなかったので、油断してしまった。

「あんたの中に入った俺の精子が、お腹の中を泳ぎ回って犯して、細胞から遺伝子を取り込んで卵子を作って。やがて受精して卵になるんだ」

「そんなの、やだぁ……」

「でもなんか、地球人が挿れると結構気持ちいいらしいぜ。試してみたくねぇ？」

巻き毛がくしゃくしゃになるのもかまわず、必死に首を振った。

気持ちがいいって、なにがどうなって気持ちよくなるのか、想像するだけで恐ろしい。しかも、卵だなんて。

「う、えぅっ」

「なあ、とりあえずさ、受け取ってくれたら嬉しいんだけどな」

熱を帯びた囁き声と共に、濡れた息が耳朶を撫でた。

固く閉じていた太ももに、イーゴの手がかかる。

大きくて太い指だ。もし力ずくで押し倒され脱がされてしまえば、抵抗などできないだろう。

「やだ、やめてくれ！　ああ、リアムぅッ！」

イーゴの太い腕を摑んでなんとか引き離そうとしながら、リアムの名前を呼ぶ。

ドゴン!!

ジェフリーの声とほぼ同時に。階下から何かが吹き飛んだような大きな音がした。驚いたジェフリーは思わず椅子から飛び上がり、イーゴはギョッとした顔で作業場のドアへ向き直る。

「な、なんだ！　今の音は！」

作業部屋のドアが、ぎいっと音を立てて開く。すると、そこにいたのは片手にバスケットを提げたリアムだった。一歩室内に入ると、真っすぐにイーゴへと視線を向ける。

「呼びましたか。ジェフリー」

「え。あ、うん、……リアム、どうやって入ってきたの。入口、鍵かかってたでしょ……」

「ジェフリーの悲鳴が聞こえたので、緊急事態と判断しドアを破壊しました。ジェフリーに危害を加えようとしていたのは、そちらの男性ですか」

鋼鉄の顔面には何の感情も浮かんでいないが、二つのアイセンサーがチカチカと高速で点滅し光を放っていた。それは、戦闘用アンドロイドが戦闘準備に入る前の、威嚇行動だ。

「危害って、そんなつもりは」

「ちが、待ってリアム。ぼ、暴力はいけないよ？　死んじゃうから……」

「本機は人間に対して攻撃できないように制限がかかっていますので、暴力をふるったりはしません。ただ、必要なら捕縛して通報しますが」

「そこまでは、しなくていいよぉ」

それは、制限がなければ暴力をふるうつもりだったということだろうか。

さすがに引いているイーゴを押しのけて、ジェフリーは席を立ってリアムのもとへと駆け寄った。コートについた雪を払ってやってから、彼の胸に額を預ける。

緊張から解放されたジェフリーは、深いため息を吐いた。外気で冷えきった鋼鉄の指が、優しく肩を抱いてくれる。

「迎えに来るのが遅くなり、申し訳ありません。ジェフリー」

「ううん。いいんだ、来てくれてありがとう。ちょっと困ってたから、助かったよ」

「ちゃんと、ジェフリーに問われたことの答えを用意してきました。あと、これもです」

そう言って、リアムは手にしていたバスケットをジェフリーに手渡してくれた。中にはスープジャーと、真新しい保温弁当箱が入っていた。ジェフリーが持っているものとは違うので、新しく買ったものだろう。

「お弁当？」

「はい。もし、帰ってきてくれなくても、これだけ渡せればと思い作ってきました」

くうっと、お腹の虫が鳴く。

久しぶりにリアムのごはんを食べられるのだと思ったら、なんだか涙が出そうだった。自分が意地を張って家出をしていたのだが、思っていた以上に寂しかったのだと自覚した。

「ううん、帰る……帰るよ、リアムぅ。ずっと君に会いたかった」

素直にそう言うと、リアムは少し胸を張っていた。満足そうにも、安心したようにも見える。それが可愛くて、ジェフリーはくすりと笑ってリアムに抱きついた。

「はあぁ……なんだよ、まったく」

イーゴの声に振り返ると、彼はジェフリーの椅子に腰かけてつまらなそうに机に片肘をついていた。ぶすくれた様子でジェフリーとリアムを見比べている。

「仲直りできてよかったけど。せっかくいい雰囲気だと思ったのに、残念だぜ」

「いい雰囲気にも、合意があるようにも見えませんでしたが」

「なんか誤解してるみてぇだけど。精莢を渡すのは、俺ら的にはよくある愛の告白だ。受け取ってくれて、子作りの同意を得られりゃ、カップル成立って具合にな」

地球人目線からすれば、とんでもない告白の仕方だ。

だが、子作りの同意が交際の前提だという風習があるなら、イーゴにとってリアムとジェフリーの関係が理解しがたかったのも理解ができた。

繁殖能力を持たないアンドロイドを伴侶にするというのは、彼らの常識では考えにくいことなのだろう。

その価値観の違いが、彼にチャンスがあると勘違いさせてしまったのかもしれない。

少しの寂しさと、罪悪感を覚える。

そして、あれが告白だったというのならば。ちゃんと返事をすべきなのだろうと、ジェフリーは思った。

「ごめんね。僕はリアムを愛しているから、君の気持ちもアレも受け取れないよ」

「はは、そうかよ」

手にした精莢をポケットにしまうと、イーゴは少し切なそうに笑った。

たくましい彼の体が、なんだか小さく見えて、つい近寄ろうとしてしまうが、リアムに腰を抱かれて止められた。見上げると、リアムはゆっくりと首を横に振る。

たしかに、振っておいて慰めの言葉を吐く権利はないだろう。

「下のドアは、あとで俺が工房長と業者に連絡して直す手配をするよ。ま、俺にも責任があるからな。だから、もう帰れ。……あ、金はお前が払えよ！」

リアムを指さして、イーゴはいつもの人を食った笑みを浮かべて言う。リアムは一瞬固まって何か考えているようだったが、頷いて「わかりました」とだけ答えた。すると、イーゴはなんとも言えない複雑そうな顔をして、ジェフリー達から目をそらす。

どこか遠くを見ている目で窓の外を睨みながら、手で二人を追い払うようなしぐさをした。

彼の眦《まなじり》に光るものが見えたような気がしたが、ジェフリーは気がつかなかったふりをして背を向ける。

心の中で、彼の悲しみが癒える日が早く来ることを願うことしかできなかった。

リアムに促されるように、階段を下りて工房の玄関に向かう。従業員用出入口のドアは、きれいに外れて壁に立てかけられていた。

それを横目に工房を出ると、外には雪がちらついていて、少し風が吹いている。ジェフリーが白い息を吐くと、リアムが自分の羽織っていたコートを脱いでジェフリーの肩にかけてくれた。

それだけで、ぽかぽかと体が温かくなる。

「ありがとう、リアム。でも、君はいいの？」

「本機は寒さを感じませんから、問題ありません」

駐車場には、リアムの車が駐《と》まっていた。エンジンがかかりっぱなしで、鍵も開いている。

「鍵、閉め忘れるなんて珍しいね」

「忘れてはいません。急いでいたもので、省略しました」

「……もしかして、僕とイーゴの会話ずっと聞いてたの？」

「はい、そうです。……乗ってください、ジェフリー」

まったく悪びれていない様子のリアムに、盗聴はいけないと注意しようかと思ったが、もし彼がそうしていなかったらどうなっていたか分からないので、ジェフリーは黙るしかなかった。

ジェフリーが助手席に座りシートベルトを締めると、リアムも車に乗り込んでくる。

エンジンがかかっていたからか、車内には暖房が効いていて暖かかった。座席にもたれて、ほっとため息を吐く。

「ねぇ、リアム。ここでお弁当食べてもいい？　もう僕、お腹ぺこぺこなんだよ」

「わかりました。今日だけ、特別です」

普段は愛車の中でものを食べたりするなんて、リアムは絶対に許してくれない。新しいお弁当箱に、車内での食事。特別感に、ジェフリーの頬が緩む。

お弁当箱を開けると、中身はとても懐かしいものだった。

卵焼き、ゴボウとこんにゃくのきんぴら。刻んだ野菜が練り込まれた、小さなミニハンバーグ。それに、ふりかけがかかったごはんだ。

それは子どもの頃、母親が作ってくれたお弁当そのものだった。

「あ……」

盛りつけの仕方まで母と同じで、ジェフリーは一瞬タイムスリップしたかのような気分になった。学生時代、母が作ってくれたお弁当。日系人が珍しかったからか、周りにこういったお惣菜のお弁当を持ってくる友達が少なかった。だから少し恥ずかしくて、家に持って帰ってこっそり夕食前に食べていたこともあった。あの頃は、わざわざお弁当を作ってくれる母に感謝なんてしていなかったのだ。子どもだったから。

きれいに巻かれた卵焼きを、お箸で摘んで口へと運ぶ。母の作ってくれた、甘い卵焼きそのものだ。

「ジェフリー。このメニューが一番、本機の『気持ち』が伝わるのではと思い作りました。味は、どうですか」

「気持ち……？」

「はい。このお弁当には、ジェフリーが特別だという『気持ち』がこもっていると判断しました」

「うん……そうだ、そうだね……。とってもおいしいよ」

一口食べるたびに、胸が熱くなってくる。わざわざ保温できるお弁当箱を用意して、温かい料理を持ってきてくれたリアムの優しさが、じいんと心に染みた。その熱は雫《しずく》になって、眦から零《こぼ》れ落ちる。

めまぐるしく変わっていく窓の外の景色を、ぼんやりと眺めながら箸を進める。クリスマスイルミネーションに彩られた街は、さきほど作業部屋の窓から見た景色とは全く違う顔を見せてくれた。ＬＥＤのキラキラとした光と、対向車のヘッドライトがリアムの横顔を照らしている。

鉄でできたその横顔を見つめていると、赤信号で止まったタイミングで目線を合わせてくれた。

「ジェフリー。先日の話ですが」

「うん」

「本機は、ジェフリーにとって必要ならばそれで良いと思い提案しました。しかし、それは本機のわがままだったようです」

「わがまま？」

「スチュアートにそう言われました」

リアムの同僚の、スクラップ場の青年を思い出す。明るくて気のいい好青年だ。彼とは、こういうプライベートなことを相談する間柄なのだと思うと、少しもやもやした。

「貴方がそれを望んでいないなら、わがままだと。本機は、自覚していませんでしたが、とてもわがままで欲深いアンドロイドのようです」

「ええ？　君が？　わがままだなんて思ったことないよ」

「いいえ。わがままです……ジェフリー」

信号が変わり、車が走り始める。リアムの目線はまた正面を向いてしまった。決してよそ見なんてしないところが、彼らしい。

「本機自身は、生き物ではありませんので子を残すという本能はありません。だから、子どもについて本機が望んでいるかというと、答えは否です」

「そうか……」

「不貞をして良いという発言も訂正します、しないでください」

「しないよ。絶対しない。やきもち焼きな君を、悲しませることなんかしないさ」

いつもなら、嫉妬なんて機能はないと言い返してくるところだが、リアムは何も言わなかった。

ただ、静かに頷いてくれる。

空になったお弁当箱の蓋を閉じて、バスケットに片づけた。そして、運転席のリアムの太ももに手を伸ばす。硬い金属の大腿筋が、ぴくりと震えた。

「僕もね……正直に言うと、子どもが欲しいとはあまり思っていなかったんだ。ただ……アンに……彼女に子どもができたことが、僕の中でうまく整理できなかったんだ」

「それは、うらやましかったということではないのですか」

「違うよ。結婚していた頃のアンに申し訳ないことをしていたのかもっていう気持ちと……。リアム、君のために、僕以外の家族がいたほうがいいのかなぁって思ってしまったからなんだ」

「本機のため、ですか？」

車はまっすぐ家に向かっていたが、少し脇道にそれて近くの公園の駐車場に停まった。まわりには、誰もいない。静かで、木々が街頭と星明りを隠して少し薄暗かった。大事な話をするには、ちょうどいい。

「うん、そうだよ。僕がおじいちゃんになって死んでしまったあと、子どもがいたらリアムが寂しくないかもしれないって」

仄かな明かりがリアムの金属の肌に映りこんで、彼のシルエットだけが暗い車内でぼんやりと浮き上がって見える。二年前、職と共に希望を失っていた時、ジェフリーにとってリアムはまさに暗闇に浮かぶ小さな光だった。無機質で硬い機械の胸の奥にある優しさが、ジェフリーを温めて満たし、陽の差す場所へ連れ出してくれたのだ。

そんな彼には、孤独になって欲しくない。ずっと、幸せでいて欲しかった。

だから、家族が増えればと思い詰めてしまっていた。

「そういった心配は不要です」

身じろぎせずこちらを見ているリアムは、ジェフリーの言葉にきっぱりと言い返した。

きっと、彼はそう言うだろうと思っていた。くすりと自嘲して、ジェフリーは巻き毛を揺らして首を振る。

「でも、僕《ぼか》ぁそんな風に考えちゃったんだよ。おかしいね、お互い自分が望んでいるわけじゃあないのに、お互いのために子どもがいたらって思ってた」

ハンドルから手を離したリアムが、ジェフリーの頬に残る涙のあとを指で擦った。その冷たい指の感触に、ジェフリーは目を細める。

口の中に広がる、鉄の味を思い出す。

「ねぇ。これから、僕らの考えがどう変わるか分からないけれど。少なくとも、今じゃないんだ。僕らがお互いに、僕らにとって特別な子どもに会いたいと思えた時に、もう一度相談しよう」

アンはきっと、その特別な子に会いたかったのだ。

だから、一人でも産んで育てると決めたのだろう。彼女は、そういう人だ。

ジェフリーが会わせてあげることができなかったのは悲しいことかもしれないが、もう悩んでいても仕方がないのだろう。リアムの言葉を聞いて、そう思えた。アンに責められたわけでもないのに、過ぎたことを悩むこと自体が、ジェフリーのわがままだったのだ。

「ジェフリーがそれでいいのなら」

そう言ってくれる、特別なアンドロイドの手を握った。

「君はそうやって、いつも僕のことだけを考えてくれるよね」

「当然です。本機はジェフリーのためのアンドロイドですから」

「たまには、君が僕に何か望んでよ。君ってほんとはわがままなんだろう？　そうだ、クリスマスプレゼントもかねてさ」

リアムには少し難しいかもしれないが、いい機会だとも思う。

ジェフリーは、リアムにジェフリーの為だけに生きていてほしくなかった。ジェフリーの為のアンドロイドではなく、もっとたくさんのものを愛してほしい。

なにより、自分自身のために生きてほしいのだ。

きっと今回のことは、その良いきっかけにできるはずだ。

案の定リアムは困ってしまったのか、ジェフリーの手を握ったまま黙り込んでしまった。

「本機には……利己的になにかを望むというのは、難易度が高いようです」

「なんでもいいんだよぉ？　……君がそうしてくれるように、僕もたまには、君を喜ばせたいんだ。満たしてあげたいんだよ」

「……」

たっぷり十分ほど、リアムは固まってしまっていた。一生懸命考えてくれているのだろう。その間、ジェフリーはリアムと手をつないだまま待つ。これもなかなか楽しい時間だと思った。

リアムの目だけをじっと見ていると、やがてぴくりと肩を揺らして身じろぎをした。

そして、握っていた手を離す。

「指を……」

「指？」

「左手の薬指を、握ってください」

「え？　そんなこと？」

あっけにとられているジェフリーの顔の前に、リアムは自分の左手を差し出した。嵌められたタングステンリングが、鈍く光っている。

「廃棄されていた本機をジェフリーが発見してくださった時、この指を摑んでくれました」

「ああ、そうだったね」

「あの瞬間、たしかに本機は『満たされていた』と思うのです」

アンドロイドの墓場で、ただ一人だけ生きようともがいていた、リアムの傷だらけの手を思い出す。あの日のことは、ジェフリーにとっても特別な思い出だ。

くすりと笑って、ジェフリーは自分の薬指をリアムのそれに絡めた。指は違うけれど、指切りをする時のようだ。

「君の願いはささやかだねぇ」

なんて可愛らしいのだろう。十分も悩んで、やっと思いつくお願いがこれだなんて。たまらない気持ちになって、ジェフリーは愛しいアンドロイドの指にキスをした。

「もっといろいろ、欲しがっていいんだよ。わがままを言って」

ちゅっと音を立てて唇を離す。リアムの手が伸びてきて、シートベルトを外すと、座席のレバーを操作して後ろに倒した。そして、ジェフリーの肩を押してそっと倒すと覆いかぶさってくる。

「なら……。わがままを言います。ジェフリー、貴方を満たすためではなく、本機が今すぐ抱きたいので、抱いて良いですか？」

耳元に顔を寄せると、リアムは低く甘い声で囁いた。ひゃあっと変な声が出て、一気に顔が熱くなる。心臓がドキドキして、鼓動の音がうるさいくらいだ。こんな誘われ方をしたのは初めてで、普段とのギャップにたまらなくときめいてしまっていた。

「も、もちろんだよぉ。でも、いいの？　車汚れちゃうよ……？」

「あとで洗浄します。……ジェフリーとセックスをするのは、伴侶である本機だけの特権だと、ジェフリーを抱くことで実感させてください」

もしかして、先ほどのイーゴとのやり取りを聞いて、やきもちを焼いていたのだろうか。

嫉妬深くて可愛いアンドロイドの、つるつるした額にキスをする。

「いいよ、君は特別なんだからね。好きなだけ、君のしたいようにして……」

ジェフリーの体にも、すっかり火がついてしまっていた。自分からリアムのズボンに手を伸ばし、ベルトを外す。すぐにでも、リアムが欲しかった。

リアムの下腹部があらわになる。すでに開閉口が開いていて、ジェフリーの指が触れると硬く反り返ったステンレスのペニスが飛び出してきた。

手淫してあげていると、リアムの指が口の中に潜《もぐ》り込んでくる。

「んう、あッ」

「いつもより、興奮しているようですね」

「だって、リアムがえっちだから……」

求めていた鉄の味に、唾液が溢れてその指を濡らした。歯列や上顎《あご》を撫でられ、くすぐられると、ジェフリーの性器も下着に中で張りつめて欲を主張し始める。

唾液で濡れた指が口から抜かれ、するすると下に降りていく。服をまくり上げられ、乳首や臍のくぼみを指先がなぞっていった。

「はあっ、んん」

勝手に甘い声が漏れて、腰が揺れる。リアムの手で下を脱がされると、待ちきれなくて彼の腰に足を絡めた。

「僕ぁもう、我慢できないよぉ。リアムぅ」

「しかし、慣らさないと」

「大丈夫だから、ねぇ」

毎日のようにリアムを受け入れているそこは、柔らかく熟《う》れている。多少強引に挿入したって、怪我をしたりはしないはずだ。

せがむジェフリーに根負けしたようで、リアムは身をよじりグローブボックスを開けると、中から小さい工具箱を取り出した。開けると、中には彼自身をメンテナンスするためのいくつかの部品と工具が入っている。そして、機械用の潤滑油。

恋人になって初めてのセックスで使ったのと同じメーカーのものだ。

蓋を開けると、中の油を勃起した金属の性器にたらす。ぬらぬらと光るステンレスが、とても煽情的に見えた。

「初めて見る表情です、ジェフリー」

確かに。こんなにも激しく欲情したのは、初めてかもしれない。

自分の為ではなく、リアムのために抱かれるのだと思うと、脳みそが痺れるような感覚を覚えた。リアムの目元からカシャカシャと音が聞こえるが、そんなささいなことは気にならないくらいに興奮している。

「ああ、リアムぅ……」

ぐぷっと、硬いものが後孔に突き刺さる。いきなり挿《い》れたので少し痛みがあったが、それよりも喜びが勝っていた。

リアムの全てを飲み込むと、ジェフリーは彼の背中に爪を立ててしがみついた。目の前がちかちかして、ふわりと体が浮いたような錯覚を覚える。

「んは、ああっ！　んんーー！」

挿れただけでイってしまったようだった。

まだ硬いままのジェフリーの性器から、とろとろと精液が溢れる。それを、リアムの手がそっと掬いとった。熱い粘液を絡めた手で扱《しご》かれて、甘い声が止まらなくなる。

「ふあ、ああ。待って、イ、イったところだから」

「この『待って』は、本当にやめたほうがいい『待って』ですか？　それとも、本当は続けて欲しい『待って』でしょうか」

「ひうう！　い、あっ！　りあ、ああ！」

ゆっくりと腰をゆすられ抜き差しされながら、敏感になっている性器を弄《いじ》られて、ジェフリーは髪を振り乱して喘いだ。すぐにまた絶頂に追い込まれそうだ。このペースでは、リアムが終わるまでの十五分間、体力が持ちそうにない。

「やあ、ほんと、にぃ、ああっ、本当にむりぃ」

「……わがままを言っていいですか？　もう少し、続けていいでしょうか」

「えっ、やっ！　なんでぇ、うあぁっ」

「普段より感じやすくなっているようなので、データを取りたいのです」

リアムのためのセックスなのだから、彼の望むようにしてあげたいけれど。このままだと、おかしくなってしまいそうだった。

しかし、止める前にきゅっと先端を握られて、また射精してしまった。かすれた泣き声だけが、喉から絞り出される。

「あうう、んぅうー……」

ステンレスの切っ先が、ジェフリーの最奥《さいおう》を繰り返し突く。リアムだけが触れられるそこも、ジェフリーの性感帯だ。

すっかり快楽に溺《おぼ》れてしまって、わけがわからなくなってくる。ただ、リアムへの気持ちを伝えたくて、彼の首に腕を回して抱きつき頰に繰り返しキスをした。そうして、リアムがすることを全て受け入れる。

「ジェフリー。本機は今、満たされています。本機はジェフリーのためのアンドロイドですが……貴方も、本機のためのジェフリーでもあるのですね」

一番大事な気持ちが伝わった喜びと、受け止めきれない快感に、涙が溢れて止まらなくなる。必死に頷いて見せるので精いっぱいだった。

お腹の中で熱いものが弾けたと同時に、ジェフリーは意識を手放す。

きっとこれからもっと可愛くもっとわがままになっていくのだろうリアムへの期待に、満たされながら。

エピローグ　「特別なあなたに出会えてよかった」

夏が終わり、空の色が変わり、風が冷たくなり始めた頃。

本当に突然に、ジェフリーとリアムの元にアンから電話がかかってきた。

開口一番に『生まれたから、今すぐ会いに来てよ』と。それは、とてもアンらしい連絡だった。

「あ、来てくれたのね。よかったー間に合って」

夕食の途中だったけれど、ジェフリーとリアムは大慌てで病院に駆けつけていた。もう面会時間が終わってしまうから、早くしてとせかされたのだ。

「おめでとうアン……っていうか、明日でもよかったんじゃあないの？　疲れたでしょ」

「まあね、でも一番に貴方たちに会わせたかったんだもの」

病室に入ると、アンは青ざめくたびれきった様子でベッドに横たわっていた。彼女の隣には、小さなベビーベッドが置いてある。

そこには、小さくてしわくちゃなアンの赤ん坊が、ふわふわの毛布に包まれて眠っていた。

「わあ……」

頭にうっすら生えている髪の毛が、アンと同じ赤い色をしている。なぜだか、その色に感動してしまい、うまく言葉が出てこなかった。

「アン様とよく似ているようです」

「そうねぇ。うふふ、中身は似ないといいんだけど。ね、リアム抱いてあげてくれる？」

「本機が、ですか。ベビーシッターの機能はついていないのですが」

「そんなもの、私にもついてないわよ。首すわってないから、肩と頭を支えるようにして抱いてね」

少し躊躇《ちゅうちょ》していたようだが、アンに促されリアムはそっと赤ん坊に手を伸ばした。頭の下に手を差し入れようとしては、角度を変えてと何度か繰り返す。

その光景がなんとも微笑ましくて、ジェフリーは頬を緩めた。

やがて納得がいく角度を見つけたのか、さっと赤ん坊を毛布ごと手のひらに載せる。両手で、とても大事そうに抱え上げた。

「あはは。リアム、私より上手だわ」

「……非常にやわらかいです。本機の硬い手では、傷つけたりするのではありませんか」

「大丈夫だと思うよ」

鋼鉄でできた戦闘用アンドロイドが、赤ん坊を抱いている。それは、不思議な光景だった。

赤ん坊の顔をじっと覗き込んでいるリアムが、とても優し気な表情をしているように見えた。

「あのね、ジェフリー。私、ずっと謝りたかったことがあるの」

「え？」

ベッドの上のアンが、唐突に思い詰めたような顔をしてそう言った。彼女がこんな顔をするのは、とても珍しい。

ベッドサイドの、彼女の傍に膝をついて目線を合わせる。アンの澄んだ目が、あの頃のようにまっすぐこちらを見ていた。

「……あなたと夫婦だった時。私、貴方がセックスレスで悩んでるのに気づいていたけれど、ちゃんと向き合ってなかった」

「そんな事ないよ……」

「ううん。私、レスでも気にならなくって、あのままでいいって本気で思っていたんだもの。でもね、あの時あなたが苦しんでいたのは、本当は子どもが欲しかったからだったのかなって、妊娠してから思うようになったの。ずっと、気がかりで……」

すっかり驚いてしまい、ジェフリーは口を開けたままぽかんとアンの顔を見返した。

なんということだろう。彼女も、ジェフリーと同じようなことを考えて、昔のことを今更悩んでいたなんて。

そして驚きが過ぎ去れば、それはアンへの友愛に変わった。

長い付き合いで、彼女をよく知っている気になっていた。ジェフリーが知っているアンは、細かい事を気にしない、明るくて前向きで強い人だった。でも、それだけではない。

自分と似た弱さも持っていたのだ。

我慢できなくなって、つい声をあげて笑ってしまう。

「ちょっと、どうして笑うのよ？」

「ごめん、ごめんね……。僕も、君に対して、同じように悩んでいたんだ」

「ええ……？　そう、なの？」

戸惑うアンの手を、そっと握る。

やわらかい手だ。かつては、この手をずっと握って生きていくのだと思っていた。

しかし、二人はお互いの手を離してしまった。

「あの頃のことは、もう過ぎてしまったことだよ。でも今は、君にはこの子がいて、僕にはリアムがいる。そして、僕と君は今でも親友だ。それでいいんじゃあないかなぁ」

でも、道が分かれたわけではないのだ。

今でもジェフリーはアンの幸せを願っているし、その為の手助けは喜んでする。彼女がリアムとジェフリーに対して、そうしてくれるように。

「そっか……うん！　そうよね！」

ジェフリーがそういうと、アンは憑き物が落ちたかのように晴れ晴れとした笑顔を浮かべた。

ふと気が付くと、リアムがじっとジェフリーを見ている。もしかして、またやきもちを焼いているのだろうかと、嫌な予感を覚えた。まさか今更アンに嫉妬なんてしないだろうと、その不安をごまかす。

「ね、お願いがあるの。二人に、この子の名付け親になってほしくって」

「名付け親？」

「そう。私の親友の二人から、この子に一番最初で一番特別なプレゼントを贈ってあげて欲しいの。だめかな……？」

駄目ではないし、光栄だとも思うが、名づけ親となると責任は重大だ。戸惑ったジェフリーは、リアムと彼が抱く赤ん坊とを見比べる。

「了解しました」

しかし、リアムは悩むことなくそう答えた。そして、ジェフリーにそっと赤ん坊を差し出してくる。

二の足を踏むジェフリーだが、渡されるまま赤ん坊を抱いてみた。温かく、やわらかくて、なんとも言えない甘酸っぱい匂いがする。もじもじと腕の中で動いて、長いまつ毛を震わせながら目を開けた。

とても澄んだライトブルーの瞳が、こちらを見つめている。無垢な虹彩には巻き毛の男が映り込んでいて、幸せそうに微笑んでいた。

その一瞬だけで、ジェフリーはリアムがどうして悩まなかったのか理解した。

「そうだね。いい名前、考えておくよ」

赤ん坊をアンの隣に寝かせると、アンは嬉しそうに頷いてくれた。やわらかそうな頬にキスをして「最高のプレゼントになるわ」と笑う。

ジェフリーは、彼女たちを眺めながらリアムにそっと寄り添って、左手の薬指を絡め合う。手をつなぐより、リアムはこっちのほうが嬉しいようだから。

赤ん坊を見つめる目を見れば、ジェフリーには分かる。リアムに新しく、とても大事で特別な友人ができた。そして、彼の中でまた新しい感情が芽生えたことが。

「ジェフリー。わがままを言ってよいですか？」

「奇遇だねぇ。僕《ぼか》ぁ、今君のわがままを聞いてあげたい気分なんだ」

こんなにも幸せで喜びにあふれた日に、特別なアンドロイドが言ってくれるお願いならば、なんだって叶えてあげたい。

きっとそれは、素敵なわがままなのだろうから。

fin

あとがき

こどもの頃から、人間とひとならざるものとの交流のお話が好きでした。

姿形が、生態が、ものの考え方が。人から遠ければ遠いほど、その『違い』を乗り超え通じあえた時のカタルシスは大きく、私の胸を熱くさせます。

その熱は年齢とともにとより熱くなり、発酵し、腐敗し、気が付けば人外攻めのＢＬばかり書く物書きになっておりました。

どうも、はじめまして。あるいは、いつもありがとうございます。風祭おまると申します。

この度は、私の初めての紙の単行本『機械兵士と愛あるブレックファースト』をお手に取っていただき、ありがとうございます。

あとがきというのは初めてでして何を書けばよいか悩んだのですが、今回書下ろしにて登場しましたプロキシマ人のイーゴについて少し語らせていただこうかなと思います。リアムやジェフリーについては作中で説明していますが、彼について語るチャンスは二人より少なそうなので。

プロキシマ人は、イカやタコのような生物が祖先と作中で説明しました。イカやタコは頭足類といい、他の生き物とが体の作りが違います。そのため、宇宙から来た生き物だと言われることもあるそうです。本作のプロキシマ人は、まさしくイカタコと同じ祖先をもつ宇宙イカタコから進化したという設定です。

その宇宙イカタコは、はじめはそのままイカタコの姿をしていました。彼らは作中でイーゴが言っていた通り『異種間繁殖』ができるというおそるべき力を持っていました。

そしてプロキシマｂには、海を支配していた宇宙イカタコとは別に、人間とそっくりで同じ赤い血を持つ人類が栄えていました。完全にすみわけをすることで、均衡を保ってそれぞれ繁栄していたのです。しかしある時、地上で暮らしていた人類の中で、勇気ある一人の男が海に近づいてしまいました。彼は宇宙イカタコに襲われ……そして、宇宙イカタコとの間の子どもを妊娠してしまいました。青い血と、横向きの瞳孔を持つ新しい人類を。

このようにして宇宙イカタコは『異種間繁殖』という生存戦略で、一気に知的生命体へと進化しこの星での霊長となったのです。なんてエロい歴史でしょうね。

イーゴ達プロキシマ人が侵略者である地球人類に対し、戦争で負けたというのに友好的な態度をとっているのはこういう理屈です。彼らのＤＮＡは、地球人との婚姻を繰り返せばやがてこの星を取り返せることを知っているのです。

ただ、イーゴがジェフリーに心を惹かれてしまったのは、そういう本能的な理由だけではないと思います。彼にとって自分の価値観を大きく変えた特別な人だったから、好きになってしまったのでしょう。

ここまで読んでくださった皆様、ありがとうございました。この物語が、この本と過ごした時間が、あなたにとって少しでも特別なものになればいいなと願っております。

風祭おまる

◆初出一覧◆
機械兵士と愛あるブレックファースト
※上記の作品は［小説投稿サイト「エブリスタ」（https://estar.jp/）］に掲載された作品を加筆修正したものです。
機械兵士と愛あるプレゼント　／書き下ろし

ビーボーイノベルズをお買い上げ
いただきありがとうございます。
この本を読んでのご意見・ご感想
をお待ちしております。

〒162-0825 東京都新宿区神楽坂6-46
ローベル神楽坂ビル4F
株式会社リブレ内 編集部

アンケート受付中
リブレ公式サイト　https://libre-inc.co.jp
TOPページの「アンケート」からお入りください。

BBN
B●BOY
NOVELS

機械兵士と愛あるブレックファースト

2021年2月20日　第1刷発行
著　者——風祭おまる

発行者——太田歳子
発行所——株式会社リブレ
〒162-0825
東京都新宿区神楽坂6-46ローベル神楽坂ビル
営業　電話03(3235)7405　FAX 03(3235)0342
編集　電話03(3235)0317
印刷所——株式会社光邦
定価はカバーに明記してあります。
乱丁・落丁本はおとりかえいたします。

この書籍の用紙は全て日本製紙株式会社の製品を使用しております。

Printed in Japan
ISBN 978-4-7997-5155-8